KB192560

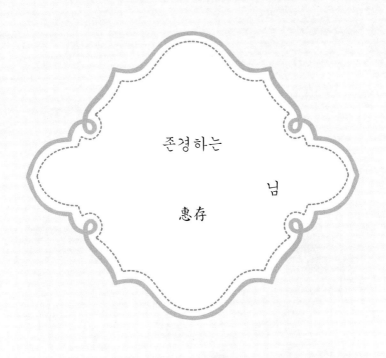

존경하는

　　　　　　　　　님

惠存

소중한 인연으로 많은 사랑과 배려해 주심에
감사드리며 이 시집을 드립니다

20　　　년　　　월
극제 **정 경 균** 드림

지금 여기에

정 경 균 시집

이 언약은 여호와께서
우리 열조와 세우신 것이 아니요.
오늘날 여기 살아 있는
우리 곧 우리와 세우신 것이라.

– 신5:3 –

동산문학사

  일 년 전에 디카시집 『사랑으로 일어나라』를 출간
하고 금년 들어 『지금 여기에』라는 시집을 출간하게
되었습니다.

  삶을 마무리한다는 의미에서 무엇인가 조금이라
도 남기고 싶었습니다. 문학을 접하고 보니 답답한
참도 있었지만 나름대로 보람도 컸습니다. 한 작품
한 작품 써서 모아 그냥 묵혀 버리지 못하고 이번에
두 번째 시집을 내놓게 되었습니다.

  지금까지 열정을 가지고 출간하도록 독려해주신
한실문예창작 지도교수 박덕은 박사님께 감사드립
니다. 함께 공부했던 효령문학회 회원님들, 향그런
문학회 회원님들 그리고 한실문예창작반의 모든 문
우님들께 깊은 감사 올립니다.

  사랑하는 아내와 자녀들 손자들에게도 고마운 마
음을 전합니다. 저를 알고 격려해주신 모든 분들께
도 감사드립니다.

강렬한 7월 태양의 햇살 바라보며

정경글

정경균

박 덕 은 (한실문예창작 지도 교수)

믿음의 동굴에는
천상의 언어 뭉쳐 있는
긴 메아리가 살았고
거기, 천년의 희망도 함께했다

성장의 파노라마는
온몸 던지며
진화하는 파도 타기로
늘 수평선 향하곤 했다

하늘금 타고 내려온 의지는
묵묵히 노래의 향 싣고
선한 학창 시절 덧칠했다

안과 밖이 환한
그 사각모 시절
줄기찬 기도의 탐구는
하늘의 뜻 일궈냈고

설렘의 신앙생활은
선한 발걸음으로
캠퍼스를 누비게 했다

깃발 들고 부임한
복음의 땅 이곳 저곳
말씀은
초록의 기다림으로 깊어지며
불화살을 꽂았다

백발의 건널목에서 만난
따스한 체온
그 문학의 향취는
벗 되어 날마다 얼싸안고

지화자 얼씨구
봄날의 감정이 살고 있는
시심의 나래 활짝 펴
고요 닫힐 때까지 날게 되리.

| 목 차 |

시인의 말 ┄┄┄┄┄┄┄┄┄┄┄┄┄┄ 05
축시_ 박덕은(한실문예창작 지도 교수) ┄┄┄┄┄┄┄┄ 06

제1부

안개 인생

안개 인생 ┄┄┄┄┄┄┄┄ 14
첫눈 ┄┄┄┄┄┄┄┄┄┄ 15
겨울 여행 ┄┄┄┄┄┄┄┄ 16
나이를 먹는다 ┄┄┄┄┄┄ 17
호수공원 ┄┄┄┄┄┄┄┄ 18
금전수金錢樹 ┄┄┄┄┄┄ 19
애환 ┄┄┄┄┄┄┄┄┄┄ 20
효孝 ┄┄┄┄┄┄┄┄┄┄ 21
오동도 동백꽃 ┄┄┄┄┄┄ 22
수선화 ┄┄┄┄┄┄┄┄┄ 24
달팽이 ┄┄┄┄┄┄┄┄┄ 25
춘분 ┄┄┄┄┄┄┄┄┄┄ 26
단비 ┄┄┄┄┄┄┄┄┄┄ 27
산행 ┄┄┄┄┄┄┄┄┄┄ 28
오월 아침에 ┄┄┄┄┄┄┄ 30
하모니카 ┄┄┄┄┄┄┄┄ 31
의병의 날 ┄┄┄┄┄┄┄┄ 32
독도 ┄┄┄┄┄┄┄┄┄┄ 34
동도 ┄┄┄┄┄┄┄┄┄┄ 35
행복 ┄┄┄┄┄┄┄┄┄┄ 36
○○○님의 61회 생일 ┄┄┄┄ 37
아원이들의 삶 ┄┄┄┄┄┄ 38

제2부

대추 이야기

대추 이야기 40

매미 41

소나기 42

잠자리 43

견우와 직녀 44

보리푸들 45

무등산 46

월출산 47

금릉 경포대 48

무지개 49

그림자 50

억새 51

코스모스 (1) 52

코스모스 (2) 53

태극기 54

수레바퀴 55

달팽이 56

고목 57

용서 58

물 59

섬진강 60

김용택 회문재 문학관 61

최명희 문학관 62

제3부

**지금
여기에**

지금 여기에 64

지금 65

리멤버 remember 66

꽃기린 68

수면睡眠 69

목화 70

만남 71

유모차 72

만추晩秋 73

나의 고향집 74

설경雪景 속 산행 75

말 76

요양병원 상류층 77

요양병원 78

폭설暴雪 79

제천 의림지義林池 80

비 온 뒤 81

사천 다랭이논 82

문 83

조도 등대 84

국화꽃 85

단풍 86

제4부

**살면서
배우는
사랑**

살면서 배우는 사랑 ——————— 88

물의 향연 ———————— 89

묵은 해 보내면서 ———————— 90

팽목항 ———————— 91

종소리 카페 ———————— 92

감사 ———————— 93

장애물 ———————— 94

완연한 봄 ———————— 95

꿀벌 ———————— 96

제비 ———————— 97

제비꽃 ———————— 98

가뭄 ———————— 99

소쇄원 ———————— 100

김삿갓 ———————— 102

순천만 국가정원을 보고 ——— 103

식영정息影亭 ———————— 104

5·18 (1) ———————— 105

5·18 (2) ———————— 106

5·18 (3) ———————— 107

세월호 참사 구주기 ———————— 108

낙엽 ———————— 109

그럴듯한 거짓말 ———————— 110

제5부

인생 고목

인생 고목 ──────── 112

놀이터 ──────── 113

통일 효도 열차 ──────── 114

평산 책방 ──────── 115

짚 트랙 타다 ──────── 116

어머님 떠나신 날 ──────── 117

핼러윈데이 ──────── 120

뽕나무 ──────── 121

텃밭 ──────── 122

양파 ──────── 123

아내 ──────── 124

이사 ──────── 125

모임 ──────── 126

자전거 ──────── 127

현충일 ──────── 128

러시아 12세 소녀 ──────── 129

고삼高三 벼슬 ──────── 130

선인장仙人掌 ──────── 131

무궁화 ──────── 132

평설_ 정경균 시인의 시집 출간을 축하하며 ──────── 133
  - 박덕은(한실문예창작 지도 교수)

제1부

안개 인생

안개 인생 | 첫눈 | 겨울 여행 | 나이를 먹는다 | 호수공원 | 금전수
金錢樹 | 애환 | 효孝 | 오동도　동백꽃 | 수선화 | 달팽이 | 춘분 | 단비
| 산행 | 오월 아침에 | 하모니카 | 의병의 날 | 독도　동도 | 행복 |
ㅇㅇㅇ님의 61회 생일 | 아원이들의 삶

안개 인생

비가 오다 개인 아침
산 중턱에
안개가 군무를 한다

누구에게
보여 주려는 걸가
햇볕 앞에
사라지고 마는 것을

잠깐 왔다 가는 인생
안개처럼
군무를 하다가

위에서 부르시면
흘린 땀 쓱쓱 손 털고 떠나는

안개 인생인 것을…….

첫눈

첫눈이 내렸다
맑고도 순결한 모습으로

백발노인, 어린 아이, 강아지
모두가 좋아하고

하얀 솜이불 덮어놓으니
흑백논리 이념갈등 사라지고

코로나도 말끔히 덮어
모두가 좋아하는
행복세상 만들 수는 없을까.

겨울 여행

환경이
비슷한 사람들끼리
제주여행 떠났다

어릴적 소풍 전날
잠을 설치듯 선잠을 자고

비행기를 타고
안개 위를 날으니

백옥 같은 임의 살빛
맑고 포근하다

코로나 정국 어디가고
발 디딜 틈이 없다

마라도, 우도, 주상절리
2박 3일 돌다보니
시간가는 줄 몰랐노라.

나이를 먹는다

나이가 무엇이기에
먹는다고 하는 걸까

나이테가 늘어나고
해묵은 고목처럼 연륜이 차고
어른이 된다는데
나는 성숙해졌는가

해는 져서 어두운데
찾아오는 이가 없다

말 수가 줄어들고
친구도 멀어지고
전화할 곳이 없다

나이가 들면
입은 닫고 지갑은 열고
인사도 전화도
내가 먼저 해야 한다는데
나는 지금 어른이 된 것일까.

호수공원

광주 시민의 허파
호수공원에 서면
폐까지 깨끗해진다
답답했던 마음도
편치 않은 영혼도
늘 푸르기만 하다

몇 십 년 만인가
두루미가 찾아오고
수 많은 가족들이
쉼을 얻는다

호수 공원은
광주 시민의 허파다.

금전수金錢樹

피아노 위 한 켠에 금전수
초록색 예쁜 잎은 반질반질
볼 때마다 청량감주는 금전수
오늘 무슨 좋은 일이 올까

꽃말이 맘에 들어
번영, 융성, 돈벼락, 돈나무이니
코로나로 움츠렸던 자들에게
꽃말처럼 되었으면

대한大寒인데 거실에서
손가락 크기의 새순이
욱일승천旭日昇天*하는 모습에
나로도 우주선 발사 모습 연상케
사람은 내리사랑, 식물은 올리사랑

나는 너에게 관심 가져 주지 못했는데
너는 나에게 사랑을 쏟아주는구나
네 앞에 고개들기가 부끄럽고
살아온 뒤안길이 초라해지는 것
왠 까닭일까.

---

* 욱일승천: 떠오르는 아침 해처럼 세력이 성대함

애환

요즘 정치가 돌아가는 모습에
천장을 처다보고 탄식이 절로 나온다
주민의 곤핍함을 보면
마치 내 몸과 내 가족이 아픈 듯이
가슴 저미어 온다

옛날이나 지금이나
백성의 삶은 어찌 이리 탁탁할까
아픔을 생각하면
슬픈 노래가 나오고
거기다 눈물이 한恨으로 변한다

그래서 백성은
잠 못 이루는 밤이 두려워
팍팍한 삶의 가슴아리
아픔들을 손잡아주며
힘에거운 하루를 일으켜 세워

서로의 어깨에 기대는
두 손으로 힘껏 평온을
잡아당긴다.

효孝

눈물이 먼 길을 되짚어가듯
누군가를 기다리지만
가슴은 한쪽으로만 무거워진다
한평생을 흙만 품고 사셨던 부모님

이마에 굵직한 살 고랑이 가득하고
등이 굽어 갈수록 힘들게 키우는 밭뙈기
당신이 가는 그곳 오늘도 서성거린다
시린 무릎처럼 뭉실하게 닮은

그리움 속으로 까마득히 소외되는 시간은
수평선 안쪽으로 번지는 노을은
깊어지는 자신의 무게로
점차 가라앉는다

지난밤 끙끙 앓은 아픔이 터져 나와
도로 주저앉는다
자식들의 가슴에서 살고 있는
새가 푸드득거린다

신神은 네 부모를 공경하면
네가 생명이 길고 복을 누리리라고.

오동도 동백꽃

매혹의 섬
짙푸른 잎과 붉은 꽃잎 샛노란 수술
색상이 선명하게 대비되고

팍팍한 일상에 아픔들
손잡아 주어
하루의 시작을 일으켜 세운다

그리움을 꿈꿀수록
속내는
거칠게 몸부림치고

계절이 다 가도록
꼼짝도 하지 않다가
희망의 싹을 조금씩
밀어 올린다

보고 싶다고 말하면
잠든 바닷가에서
빛바랜 걸음들이
불쑥 일어선다

너에게로 가는

그리움 위로

꽃향 물씬 스친다.

수선화*

동토에서 무거운
흙 들어올리고
눈 덮인 언덕에
꽃망울 움튼다

아무도 나오지 않는
이른 봄에 혼자 솟아나
누구에게 보여 주려고
노란 꽃 일찍 피울까

봄의 전령사
예쁘게 장식하고
임무 다했노라고
당당한 너를 보며

고백하노라
너의 고결함 따라
삶의 길 걸으리.

---

* 꽃말: 고결함, 신비함, 자기애

달팽이

전설의 오두막집 지고
더듬이 곤추세워
은빛 길 내며
어디로 이사가는 걸가

낮아지려 해도
더 낮아질 수 없고
겸손의 미덕으로
몸 낮추며

빨리 가려 해도
더 빨리 갈 수 없는
스로우시티 느림의 미학

성냥갑 같은
도심의 빌딩 숲 떠나

한적한 풀 숲으로
이사 떠나는
작은 거인 달팽이.

춘분

봄을 나누는 날에
빛깔의 무늬결
너무 예쁘구나

산과 들에 새싹들이
파릇파릇 올라오는데
꽃샘에 설늙은이* 얼어 죽는다

몸과 마음 일깨워 주는 때
봄나물 가득 차려 먹으면서
따스한 기운 한껏 누려본다.

---

* 설늙은이 : 그다지 나이는 많지 않지만 기질이 매우 노쇠한 사람

단비

오랜만이야
너를 얼마나 기다렸는데
목이 말랐었어
대지를 적셔주니 고맙구나

깡마른 대지 위에
네가 내리던 날
빛나간 무녀舞女처럼
춤추는 세상이 되었어

사람이나 식물이
촉촉하게 살게 되었구나
고개 숙인 눈가에 눈물은
소리가 없다

이 가뭄에 너는 필요한 존재야
삶의 메마름과 코로나로
고통당하는 이들의
한숨을 나누어지게 하렴.

산행

동네를 벗어나
소롯길 들어서면
나무가 자라서
미소로 반긴다

산날맹이 오르면
답답했던 가슴도
편치 못한 영혼도
늘 정淨한 마음 회복되고

풀향기 그윽한 경치
초록에 푸르름 덧칠하고
숲속으로 새어들어 오는
햇빛 알갱이들이 힘있게 비치고

싱그러운 자연이 좋아
코끝 향긋함 넘치는 곳
미풍微風에 추억 열고
봄 기운에 흠뻑 젖어

시원하게 불어오는
신선한 바람 따라
헐떡거리며
산콧배기 향한다.

오월 아침에

단비 내린 후
텃밭에 고추 모종 심어
지줏대 세워 묶어 주었다

세상 풍파는
저리 소용돌이 치는데
온몸에 슬픔 퍼담고서

무릎 꿇지 않는 꿋꿋한 절개
짓뭉그러진 밤 박차며
두 눈 부릅떴다.

하모니카

운동과 악기 한 가지 배워 두면
나이 들어 좋다 한다
살면서 한 번쯤 음악 연주에 대한
로망을 품을 때가 있다

'옥수수 하모니카'라는
동요가 있을 정도로 친숙하여
인생에 즐거움을 선물해 준다

연주하고 있으면
깊은 추억에 젖어들고
손 안에서 수많은 음이 나니
우주의 세미한 소리 듣는다

인간은 음악에서 완성된 것이어서
아름다운 극치極致에 이르고
노을처럼 내밀하고 달디단
그리움이 가슴속에 속삭인다.

의병의 날

외적의 침입 물리치기 위해
자발적으로 조직한 군대

정붙이고 살 만하면
쫓겨나는 것이 백성이고
뼈와 살이 눈물처럼 흩어지니
상대는 훈련된 군사와 무기로 쳐들어 오지만
아군은 농민이요 농기구로 무기 삼아 싸운다

단단한 저항의 힘으로 일어서며
별빛은 가느다란 파문 일으키지만

눈동자 속에서 바라보았던 노을이
반짝이는 낱말들 팽팽히 잡아당긴다

흐릿한 바람이 손등에 얹혀
점점 좁아져 자간마저 사라진다

무궁화 깃발 아래서
차디찬 최후 맞으며
병사들의 멎은 숨결

살든지 죽든지 의에 부끄럽지 않고
민생들의 혼 되어 쓰러져 지긋이 눈감는다.

독도

철새들이 무심코 들렀다 가는
한반도의 동쪽에 돌로 된 두 섬
50년 넘게 독도 지킴이 역할

김성도 씨 병으로 별세하니
부인 제주 출신 김신열뿐
이 자리에 살겠다고 고집하고 있다

섬 주인 되겠다고 나서는 사람 없고
독도의 지킴이는 누가?
김성도의 유언에 따라

사위 김경철*은 공무원 퇴직 후
장모 모시고 독도에서 살고 있다.

---

* 김경철: 52세 울릉군청 공무원

동도

독도의 대한령大韓領
70도 가파른 정상 향해 오른다
최초의 지킴이 최종덕 옹이 만든
999개의 계단

이재언*은 자신도 모르게 고개 숙여
독도에 집 짓고
해초 채취하면서 사는게
불가능하다는 결론을 내렸다

파도소리에 터져 나오는 눈물 방울들
살 수 없는 곳에서
최종덕 옹의 나라사랑
존경스럽다

백의민족의 가슴들이
험한 독도에서
사람 내음이 나도록 한 것은
소중한 우리 땅에서
옹골진 개척정신을 피워내고 있다.

---

* 이재언: 한국의 유인도 446개의 섬을 세 번이나 돌아본 탐험가, 선교
사. 바나바 선교회, 섬 선교회

행복

전화벨이 울린다
오늘도 좋은 일이 있으려나

미국의 아들 가족 소식
아들 며느리 손자 손녀
영상으로 보여 준다

'할아버지 할머니 힘내세요'
손 흔드는 재롱과 미소가
참 반갑다

지구 반대편에 살아도
그들의 마음은
늘 곁에 있는 것 처럼 든든하다

영상으로라도 이들을 볼 때
생기 솟아
탐스러운 감성 열매 맺는다.

ㅇㅇㅇ님의 61회 생일

고향 철애마을 덕용산 아래
태자리에서 누구도 겪지 않았던
짓눌린 세월 보냈다

60여 년 전 여덟 식구 고구마로
점심 끼니 때우다 뜨거운 물
엎질러져 어린아이 엉덩이와 발에 화상

부모의 피로부터 물려받은
믿음이 언덕길 힘들어도
천천히 오르내렸다

주변의 아름다운 정경 기도로 감싸줬으며
하늘의 노래로 익혀졌고
최선 다해 섬겨온다

두 부부의 여생 자락
인고의 계단에 행복의 수를 놓으며
화창한 봄날처럼 살아간다.

아원이들의 삶

아빠 엄마 손길이
가장 많이 필요한 시기
제일 큰 시련 겪었다

가슴에는 옹이가 박히고
그 옹이 때문에
아파하고 힘들었다

18세 되면
유일한 둥지 떠나야 하니
앞길이 캄캄하고 막막했다

사회 첫발에 사생결단死生決斷하고
삶을 극복해야 하는 이들
성인이 되어 사랑하는 사람 만나고
가정 이루어 아들딸 두었다

자신의 힘으로 둥지 만들어 사는
무에서 유를 일구어내는 아원이들
그 이름 장하다.

제2부

대추 이야기

대추 이야기 | 매미 | 소나기 | 잠자리 | 견우와 직녀 | 보리푸들 | 무
등산 | 월출산 | 금릉 경포대 | 무지개 | 그림자 | 억새 | 코스모스 (1)
| 코스모스 (2) | 태극기 | 수레바퀴 | 달팽이 | 고목 | 용서 | 물 | 섬
진강 | 김용택 회문재 문학관 | 최명희 문학관

대추 이야기

담 밖으로 넘어다 보이는
젖먹이 아이 주먹만 한 열매
피멍으로 물들어 간다

혼인 풍습
며느리 첫 절 받은 시어머니
폐백상에 놓인 과일 집어
치마폭에 던져 준다

골목 모퉁이 휘돌아가는 바람에
낙엽이 어깨 위에
살포시 내려 앉더니
귀에 대고 속삭인다

너의
그리움이 누구냐.

매미

소나기에 젖은 숲에서
평온하게 부르는 합창
한더위에 밤낮없이 울어 댄다

지난해에도 울던 그 자리에
올해도 그 놈들이 우는데
우울한 사람에게는 우는 굉음이고
즐거운 자에게는 편한 음악이라,

소나기

후텁지근하고 열대야까지
무더위에 한바탕 내리면
우산 챙길 시간도 없이
피할 시간도 안주고 퍼붓는다

검은 구름이 끼어있다
한 번 쏟아지면

옥수수는 쑥쑥 자라고
더위는 한 풀 꺾인다

알롱달롱 무지개는
즐겁게 노래한다

앞길에
먹구름 가로막혀 있어도
밝아지는 마음 찾아오고
푸른 하늘 열린다.

잠자리

손 닿을 만한 높이에
뭉게구름 떠 있고
맑고 깨끗한 창공에
숲이 우거지고

백발 위에 살포시 내려앉은
골짜기에
자유롭게 날고 있다

울 엄마와 함께 모기장으로
잠자리채 만들어 잡던
추억이 생생하다

잡힐 듯 또 날아가버리고
날아서 마음껏 만족 느끼고
그리움 밭으로
외로움도 모르는 양

그저 즐겁게만 해 주고
오솔길 찾아와
영혼까지 흔들어 준다.

견우와 직녀

사랑하는 이들의 절절한 사연 들은
까마귀와 까치들
매년 칠석이 되면

그리움에 사무친 둘을
만나게 해주려고
하늘로 올라가서 놓아준 오작교

이 다리에서 만나
눈물이 앞을 가리도록
말을 하지 못하면서
무슨 이야기 주고 받았을까.

보리푸들

언제부터 이리 깊은 정 들었을까
밖에서 주인의 차 귀가 소리 들리면
반가이 맞이하는 신호 한다

대문 열고 들어서면
가슴팍 높이 뛰면서
재롱으로 기쁘게 해주고

밥과 물
뒷정리 해 주고
일 주에 한 번씩 목욕 시키고

가족이 석 달에 한 번 이발시켜
줄 때마다 순응 하니
더욱 귀엽다

옆에 앉혀 머리와 등
사랑한다 집 잘 봐라
쓰다듬어 주면
그도 좋아 꼬리 친다.

무등산

광주를 다 품어주는 가슴
힘들고 어려울 때마다
찾아오는 고마운 산

무수한 예술인을 낳아 빛나고
불의 앞에서 저항할 줄 알며
총칼 앞에서도 자신의 몸 희생하고
타인의 아픔을
자신의 고통으로 여기는
인물 낳은 탯줄

세상사 날이 갈수록 힘들지만
색다른 풍경
눈에 담아 보고자
새로운 방향 찾는 그 길에서
자연의 경이로움 느끼려고
삶의 활력 불어 넣는다

그리움 가득한
그 이름도 자랑스럽다.

월출산

태백산맥 한 줄기 바위산
절벽으로 이루어진 산세
하늘과의 통로 여는
그 아득한 훗날의 여정旅程

천하 절경으로
험준한 사자봉 이어주는
아찔한 구름다리
물오른 달콤 향긋함이
수줍게 쏟아져 내린다

쉽게 눅눅해지지 않아
밤이 길지 않다는 것을
새삼 깨닫는다

꽃 피웠던 역사의 향기
함께 바라보았던 노을처럼
달디단 그리움이
저리 붉게 물들어 가고 있다.

금릉 경포대

월출산이 거느린
금릉 경포대 계곡

산에서 흐르는 물줄기의 모습
무명베 길게 늘어 놓은 것처럼
보인다

천황봉과 구정봉에서 발원하여
흘러내리는 비경의 골짜기
크고 작은 바위들 사이로
사람 마음속까지 들여다보일 만큼
맑은 폭포수 빚어 내고

졸졸졸 흐르는 시원한 물이
가슴 뻥 뚫어질 정도로
얼음 같이 싸늘한 느낌
해질녘 가까우니
그리움의 눈물로 수북히 쌓여 간다.

무지개

빛이 만들어 내는
찰나刹那* 예술
웅대한 리듬이 현란하다

눈동자 속에서
바라 보았던
노을이
반짝이는 휘파람 분다.

---

* 찰나: 지극히 짧은 시간

그림자

호수에 비친 달의 모양
검은 그늘만 보아도 알 수 있어
님의 뒷모습 익숙하다

지금까지 사랑했으니까
님 그리는
하루 길고 또 반복된다

세상에 있는 날이 그림자 같아
자신이 인정할 수 없는
마음 가장 깊은 곳에
빛이 통과하지 못하여
숨겨둔 그리움처럼.

억새

쪽물 들여진 하늘 아래
널따란 서창 들녘
굽이치는 바람에
백발 흩날린다

미풍에도
가느다란 자신의 몸매 흔들어 대며
꺾여질 듯
넘어지지 않고
하늘거리며
순결 지켜온 너의 모습

이 가을 더 풍성하고
춤추는 그 어여쁨으로
나들이객 반겨 준다

님을 향해 두 손 모으고
그리움을 소곤소곤
이야기하고 있다.

코스모스 (1)

누가 신경 써 주지도 않았는데
흙더미 속에서 홀로
피어난 예쁜 이

연분홍 빨강 하양 키다리 꽃
꽃잎으로 향기 날리고
이 계절 더 빛난다

늘 친구 되어 반겨 주며
미풍에도 가느다란 몸매
흔들거리며 춤출 때
발레리나 보는 것 같다

꺾여질 듯 하늘거리는 모습
약하디약하면서도
굴복하지 않고
순결* 굳게 지켜 온 너
자랑스럽다.

---

* 순결: 코스모스의 꽃말

코스모스 (2)

예쁘게 피어 있는
나의 조상 대대로 살아온 고향
스스로 피어난 꽃

소녀의 순정
꽃 꺾어 옷에
무늬판 박기 놀이하며
추억 쌓았던 그때

살살이꽃
피어 있는 거리에
꽃이 져가고 씨가 맺힌다

그 씨 따서 뿌려 놓으면
내년 이때
더 화려한 꽃길 되겠지.

태극기

봄 여름 가을 겨울
사무친 함성이
피맺힌 절벽 디디고
만세운동 없었으면 가능했을까

5,18 민주화 운동
먼저 가신 선열들
상무관 시신 위에 덮여진 모습
구차하게 살 수 없다는 듯
끝까지 저항했다

죽음을 각오하는 마음
일편단심 나라 사랑
개천절과 태극에는
남북이고 동서고
이념의 구분 없다

지구촌에서 우뚝선 선진국
평생 보낸 아슬아슬한 기백으로
역사 망각한 민족 되지 않기를.

수레바퀴

오래전에 둥근 통나무
토막들을 바닥에 깔고
둥글게 굴러가는 일상

초목의 가시 부스러기
바람에 나홀대는 꿈 한 자락

바람이 하루까지만 살다 간 자리
그리움에 젖는다
울퉁 불퉁 눈길 빗길에도
아무 소리 없다

배꼽 드러낸 늙은 호박같은
둥근 바퀴
모나지 않고 돌고 도는 것처럼
둥굴 둥굴 사는 모습

외로움 풀어 헤치고
홀로 묵묵히 깜빡 깜빡.

달팽이

자신을 찾아 떠나는 여행
세상에 나올 때
여럿이 나왔지만
인생의 길 홀로 걸어
짐 짊어지고 어디로 가나

혼자 꾸는 꿈 아름답고
함께 생각하면 현실 된다

행복 덩어리
본 태생이 이동식
단독 주택 한 채 유산으로
물려받아 월세냐 전세냐
집 걱정 없는 행운아.

고목

동네 뒷산
나이 많은 나무 한 그루
누운 듯 서 있다

몸통 만큼이나
큰 구멍이 뚫려 있고
옹이가 박혀 있다

아랫도리는
가지 뻗고
새순 피우기 위해

푸른 잎 같은 자식들 위해
속이 병들어도
그 아픔
혼자서 이겨내야 했다

고통의 세월 지나도
가슴 찢어지고
지워지지 않는 저 그리움처럼.

용서

외로움이 울음 속에 엉겨붙어
가슴에 슬픔 더한다

시나브로 변해 가는 자식들
마음 다잡게 한다

달빛의 울컥임
울고 싶을 때 우는 마음
고통과 아픔 겪으면
통곡할 수밖에.

물

무등산에서 한 방울로
시작하여 마음 달래주며
시원히 흐른다

수십 리 광주천 거쳐
영산강으로 모여
목포 앞바다에 이르기까지

꽃들이 피어 있는 강변 따라
흐르는 소리
산책하는 이들이 귀 기울인다

수분이 없다면
보고 싶은 수목들
물고기도 만나지 못한다

소중한 우리 식수
한시도 소홀히 말고
보호하여 풍성한 들녘 이루자.

섬진강

옥정 호숫길 댐과 연결
임진왜란 일어날 때

하구에 구름 같은 두꺼비 떼
새까맣게 올라와
울부짖는 소리에 왜적들 물러났단다

소리 없이 무너지고 부서지는가
깊은 하늘 봄비 실어 오는 구름
풍경도 외로워 바람에 흔들린다
실로 찰나와 같은 날들

호남평야 살찌우는 젖줄
갈수기에 말라 거북등으로 갈라져
잡초가 내 세상이다며 자라고 있으니
오늘도 삶의 애환 안고 물소리 밟기를.

김용택 회문재 문학관

나이 스물한 살 인근 학교에
교사 되어 38년 동안 아이들과 함께 지내며
섬진강과 고향의 자연을 배경으로
시를 써온 이

가까이에는 월파정月波亭이 있으니
섬진강 '물에 달빛이 파도친' 의미
맑디맑은 물속 시원하게 보이니
다슬기 줍는 모습 지극히 평화롭다

수백 년 된 느티나무 버티고 있어
동네 지켜주어 큰 인물 키워냈을까
나무 밑에는 암반 같은 널찍한 바위에
시가 새겨져 있다

한옥 한 채 '글이 모여든다'라는 회문回文재
지을 때 동네 사람들이 협력해 지었다 한다
자연의 삶을 한복판으로 끌어들여
풍경과 일상을 정겹고 격조 있게 형상화했다.

최명희 문학관

사랑은 마음으로 찾아야 하고
그믐 지하에 뜬 만월滿月이라

그가 옴서감서 남긴 글
영혼에 사색의 여백 덧칠한다.

제3부

지금 여기에

지금 여기에 | 지금 | 리멤버 remember | 꽃기린 | 수면睡眠 | 목화
| 만남 | 유모차 | 만추晩秋 | 나의 고향집 | 설경雪景 속 산행 | 말 |
요양병원 상류층 | 요양병원 | 폭설暴雪 | 제천 의림지義林池 | 비 온
뒤 | 사천 다랭이논 | 문 | 조도 등대 | 국화꽃 | 단풍

지금 여기에

달력 다 떼어내고
달랑 한 장만이 흘러간 시간
아쉬어 나부낀다

이제 며칠 남았다
문학회원들 덕분에
이 상 저 상 주렁주렁
상 받는 소식에 흠뻑 젖는다

어제 죽은 사람이 하루라도
더 살기 원했던 그 소중한 시간에
오늘 여기 살아있는 게 기적이다

첫 시작하는 날 세상에서 가장 멋지게
끝날 땐 그 야무진 다짐 어디 가고
허무한 모습에
그저 가슴이 먹먹하다

파란 하늘에 어찌 알고
구름이 먼저 지난 세월
가녀린 눈 깜빡이며
손 흔들어 인사한다.

지금

동네 뒷산에 올라가는데
옆을 지나가는 두 여인
삶이 늙어감을 읊어 보려는 듯

또 다른 여자
나는 칠십이 되니까
누가 나에게 돈을 달라고나 할까
벌지 않아도 되니 좋아

겹겹 싸인 뒤안길의 그림자같이
지난날에 좋았던들
무슨 소용 있을까.

리멤버 remember

일본인들에게
아버지는 두들겨 맞아 죽고
엄마도 병들어 사망했는데
누나마저 위안부로 끌려가
정신병으로 떠났다

주변에 친일 세력들은
떵떵거리고 돈 많고 땅 많으니
소작농들 숨쉬기 어렵게
죄어맸다

주연의 가정은 폐망해 가고
가족 죽인자들에게
복수에 나선다

부친을 죽인 원수
가족을 괴롭혔던 자
강제 징용으로 끌어갔던 사람
동족을 감옥에 가두었던 두목

주동자들을 죽이고
자신은 감옥에 갇혀
병들어 죽어간다.

꽃기린

오래 전부터 기르던 게
죽어 버렸더니
뿌리의 파편이 살아
잎 나고 꽃 피워
집안을 환하게 한다

목 길어 붙여진 이름
꽃이라고는 수줍어 보일 듯 말 듯
몸에는 가시로 둘러 싸여
고난의 깊이를 간직한 것일까*

계절은 가을 단풍이 드는데
사시사철 푸른 청춘
향기 넘실넘실

예쁜 꽃보라는 하늘 날면서
마음은 꽃 같아
밝은 미소 담아
화려하게 피어난다.

---

* 꽃기린 꽃말: 고난의 깊이를 간직하다

수면睡眠

눈을 감고 의식 없이
고달픔 풀어헤치는 밤
보배와 같은 잠
노동자에게는
보약 중의 보약

번민하여 잠 이루지 못해
이리 뒤척 저리 뒤척하기도 한다

쪽빛 하늘 솜털 구름 사이
깊이 자야 할 시간에
올빼미처럼 낮에 자고
밤에 활동하기도 한다

깊은 잠에 빠질 때
그림자가 덮치지 않게
고운 꿈 꿀 때 방해군 오지 않게
그리운 님을 떠 올리기도 한다.

목화

하늘은 높고 맑은데
하얀 꽃으로 익어 간다
하얗고 푹신한 솜
꽃도 예뻐서인지 따스한 사랑 느낀다

오색 다래 꽃
목화씨를 혼례상 위에 담아 놓고
자손 번성하란다

고생은 재산이라
어려웠던 시절 보급되어
침구와 의복으로 버티어 냈다

나무에서
다래가 멋지게 피니
그리운 어머니의 사랑에*
포근히 안긴다.

---

* 목화의 꽃말: 어머니의 사랑

만남

길가에 풀 한 포기 보아도
꽃 한 송이를 만나도 반가운데
피붙이 50년 만에
만나면 얼마나 더하랴

이산가족의 상봉相逢
온 국민이 울음바다
아픔의 만남이었으니
언제 또 보게될까

흩어졌다 몇 십 년 만에
기쁘면서도 슬픈 상면
얼굴 볼 때는 반가워
울면서도 행복했지만
다시 흩어질 때 또 다시
아픈 가슴 눈물바다

친구 사이에
또 자손들 사이에
영원한 우정 약속하고
서로 붙들고 흐느낀다.

유모차

두 대가 아파트에서 나오는데
한 대는 꼿꼿이 세운 몸매
검은 긴 머리 젊은 여인

방긋방긋 피어나는
엄마 젖내음 나는
갓난아이 태우고
유유히 걷는다

또 한 대
허리가 기역자로 휘어버린
할머니 노모차
아프다고 신호 보내건만
터질 것만 같은
세월의 아픔만큼이나
갈수록 더 굽어진다.

만추晩秋

산에 오르니
눈부시게 빠알간 넝쿨 식물
옆에 친구는
자식들 떼어 보냈는데
그대는 곁에 달라붙어 있다

무슨 애착이라도 있을까
무얼 더 가지고 싶을까
아름다운 얼굴 보고
부드러운 소리
봄소식 듣게 하려는가

향그러운 동산에
늦가을 아침 햇살
유난히 밝은데
보내지 못할
그 어떤 그리움이라도
남아 있을까.

나의 고향집

아버지 어머니가 살았으며
어린 몸이 태어나 자랐고
애달프게 풀벌레 울어 댄다

애타는 마음 하늘만이 간직하고
덧없는 세월 속에
강산이 변하여 팔순 바라본다

깊어 가는 이 밤 생각하니
해 달 별도 가는데
몸 갈 곳 사라지고
가야할 일도 반겨 줄 이도 없다

그리움 가득 스며든 집이었지만
주인 없는 마당엔 잡초만 우거지고
허물어져 가는 모습
오늘도 추억으로 눈물 고인다.

설경雪景 속 산행

17년 만에 내린 많은 눈
비가 오지 않아
눈이라도 많이 내리기 바랬는데
토요일 마을 뒷산에 올랐다
멀리나 가까이
눈 덮힌 세상 어찌 이리 깨끗할까

큰 나무는 북풍 눈보라에
추워서인지 멋있어서인지
북쪽으로 흰옷을 한 벌 더 입었다

소나무가 눈의 무게 이기지 못해
뿌리 뽑히고
허리 부러지고
자식이 끊겨져 나가는
저 아픔

몇 날 며칠 눈이 내려
햇볕 보지 못해 그리웠는데
나무들 눈꽃 사이로 밝게 들어오니
그렇지 않아도 하얀 눈이
더욱 눈부시다.

말

직장에서 일하는 중년 여인
그 나이에도 윗사람 보면
유치원 어린아이인 듯
배꼽인사 공손히 한다

그녀의 말씨
은쟁반의 금사과처럼 향긋하다

오늘은 어제 사용한 말의 결실
낮은 목소리 가만가만히
가슴에 대고 되새긴다

아침에 첫마디 보석같아
밝고 신나는 말로 하루 열어
좋은 씨앗 심어
값진 열매로 돌아온다
누군가 그리워하는 속삭임으로.

요양병원 상류층

작은 것이라도 배려해 주며
덕을 차근차근 쌓은 이

가족이나 친지로부터
안부전화 자주 걸려오는 이

간식이나 생활용품 받아
같은 병실 환우들과 의료진들에게
나누어 주는 이

사람과의 관계 차곡차곡 쌓고
높은 계층 기대 않고
진실과 성의로 관심 가져 주는 이.

요양병원

누구인가
박사이든지 무학이든지
재산이 많든 적든
상류층이건 하류층이건

똑 같이
병원 환자복 입고 누웠으니
나이 들면 지난날의 직함
과거사 다 부질없다.

폭설暴雪

나이 든 사람
마음은 원하지만
몸이 움츠려
움직이지 않고

산에 올라보니
애완견 데려와
눈 위에서 머리에 뒤집어쓰고
뒹굴며 좋아하는 모습

젊은 아빠는
자녀의 추억 만들어 주려고
썰매 태워 끌고
눈사람 세워 솔잎 수염 눈썹 붙인다

아이들은
자신의 몸집보다 더 큰 눈덩이
힘겹게 굴려 키워가는 걸 보며
옛 모습에 잠겨 본다.

제천 의림지義林池

산골짜기 흰 눈 속에서도
돌밭의 솔밭공원 푸르름에
날마다 고된 세상살이
생기 북돋운다

정각에 비추는 햇살
산천은 변함없이
세월은 흘러가도
예나 지금이나 귀한 손님 맞이한다

맑은 물에 송사리 떼 여유롭게 노닐고
문인들의 풍류 장소였던 정자와 누각
시 짓는 옛 선비들의 담론 소리
지금도 시심의 휴식공간이다

가는 날로 산책길에
하얀 눈꽃 휘날리고
시화전이 전시되어
보는 이 가슴 더 따스하다.

비 온 뒤

섬진강 따라 거니는데
진초록빛
나뭇잎에는
맑디맑은 물방울
대롱대롱 열렸다

산에는
누가 그린 것도 아닌데
하얀 구름은
보기 좋아 실감 난다

하늘은 구름 한 점 없이
쾌청하여
눈길을 홀리게 한다

강물에 나뭇잎 배 타고
하늘의 도화지 알록달록
가장 아름답게
색칠해 간다.

사천 다랭이논

밝은 햇살 아래
앞에는 널따란 태평양
산 위에 작은 마을 앞
낮에 보는 다랭이논

수많은 계단으로 층층이 쌓여
좁고 꾸불꾸불 길디길다
멀리서 들려오는 파도의 울음소리
낮게 갈매기만 길 내며 날고 있다

산성처럼 첩첩이 둘러싸여
바닷가 물안개 낀 산골짜기
네모나 동그라미 모양은 없어도
초생달 같은 모습

청정 나들이 나온 바람 따라
바다 내음 상큼 풍긴
이 동네에서
섬 특유의 정취에 취한다.

문

화장터에 도착하니
매우 깨끗하다
냄새도 굴뚝도 없는 곳
사람이 단 한 번 죽어 가는 길

관 앞세우고 상주 조문객 따르고
화장장火葬長 지시 따라
이동하는 차에 관 올려놓고

버턴 눌러
화로 안으로 쭈욱 밀어 넣으니
안에는 불이 활활 타고
양옆에서 육중한 문이 가로막고
몇 초 후 위에서 아래로
누구도 열 수 없게 거듭 겹친다

옆에서 닫히고
위에서 아래로 닫친 문
이 세상과 저 세상 구분하는
십자가 문.

조도 등대

섬들 가운데 세워져
길디긴 세월 보듬어 가며
외로이 자신의 의무 다해
항해하는 배
품안으로 인도한 불빛

수평선 저 멀리 빨갛게 물들이고
안전 항로 안내하는 신호등
앞이 캄캄할 때
한없이 넓고 푸른 망망한 바다

비바람이 무섭게 몰아칠 때도
추위 더위 태풍에도
꿋꿋이 지키고 서 있다

큰 물결이 설레는 외딴 곳에서
마음에 그리움 삭히며
배에 위안의 빛 비추며
오늘도 호젓이 기다리고 있다.

국화꽃

가을 하늘에 두둥실
뭉게구름 떠 있는 가을
한 포기의 빨간 국화꽃

꽃 한 송이 피우기 위한 손길이
분주히 움직여 피운 꽃
너를 바라보니

고된 세상
고달픔도 절망도 사라지고
외로움도 간데없어 좋다

아름다워라
들국화여.

단풍

찬 바람이 솔솔 불어오고
빨강 노랑 초록
오색으로 물들고

단풍나무 잎
빨강 다섯 손가락
무엇을 붙잡으려는지

저런 멋스러움이
어디서 나오는지
자연은 인간에게
아름다움을 선사한다

가을 산에 불이 붙어
너도나도 불구경이다.

제4부

살면서 배우는 사랑

살면서 배우는 사랑 | 물의 향연 | 묵은 해 보내면서 | 팽목항 | 종소리 카페 | 감사 | 장애물 | 완연한 봄 | 꿀벌 | 제비 | 제비꽃 | 가뭄 | 소쇄원 | 김삿갓 | 순천만 국가정원을 보고 | 식영정息影亭 | 5 · 18 (1) | 5 · 18 (2) | 5 · 18 (3) | 세월호 참사 구주기 | 낙엽 | 그럴듯한 거짓말

살면서 배우는 사랑

이 세상은 각자 한 조각씩
힘겹게 맞추어야 할 퍼즐
쉼없이 꿰지 않으면
완성되지 못한다

사람은 한없는 상상력
금광이 있으며
자기 마음대로 캐내어
아낌없이 쓸 수 있다

떨어지는 낙엽 한 잎도
영향을 미치는데
부질없는 욕심으로
죽지 않는다는 착각 속에 다들 살고 있다

이 지구상에서
산 자와 죽은 자 연결하는 다리는
오직 사랑뿐
이는 하나 뿐인 유품이며 목적.

물의 향연

하늘에서 내려온 너
아래로만 내려가
졸졸졸 노래 부르며 어울리고

너를 몇 달 동안 기다렸으니
힘들다 아우성이고
마음대로 퍼서 쓰고 살아왔는데

순리 따라
높은 벽이 막으면 돌아서 지나고
호수에 가두면 쉬어갈 줄 알며
울퉁불퉁 계곡도 충돌 없이 흐른다

숨쉬는 풀잎마다
이슬 맺힌 그 자리에
생명체의 소중함으로
아침햇살 영롱히 반짝거린다.

묵은 해 보내면서

어느새 일 년이 지난다
침 삼킬 시간도 없이 살아
어둡고 살기 팍팍해 묶인 한 해였다

호젓한 시골
고요하고 쓸쓸한 느낌
하늘이 감동한 추억의 눈꽃
하얗게 뿌려 좋았지만

세상은 너무 어수선하고
이 땅에 어두운 세력 보내 버리고
숨길 수 없는 즐거움
잃어 버렸다.

아스라이 보이는 희망이 손짓하고
아직 이루지 못한
그리움이 기다리고 있는데.

팽목항

조도에 가면서 들렀다
몇 달 며칠 동안 가족들이 지냈던
흔적들 여기저기 남아 있다

색바랜 노란 리본
세월의 무게로 삭아
갈기갈기 찢기어져
속절없이 바람에 나부끼고 있다

동기들이 보내온 편지는
타일에 새겨 난간에 붙어 있어
보는 사람 가슴 먹먹케 한다.

종소리 카페

동산작가회 문학기행
영광 해변도로 곁에
전여고 교장 퇴임한 오명규 시인 거한 곳
등대 칠산대교 지평선 바라보이는 곳

'종소리' 종이여 울리거라 카페 짓고
맛있게 부는 바람 내음과
방문자들의 시 낭송소리
속삭이듯이 귓불 간질인다.

주차장도 마당 이곳저곳 시비로 가득
카페 안 벽에도 시 액자 다수 걸리고
창문 한켠에는 시집들이 둘러싸여 있고
물결이 너울 너울 춤추는 바닷가

구순을 바라보며
찾아오는 고객에게 시 이야기하며
살아가는 모습
여유와 행복이 한층 돋보인다.

감사

아침에 눈 뜨고 가족 보고
귀로 새소리 바람소리 듣고
코로 가족 내음 맡고 숨 쉬고

입으로 노래하고 말하고 먹을 수 있고
뇌가 건강하고
손과 발 자유롭게 움직이고
먹은 음식물 잘 소화시키고

폐가 있어 숨 쉴 수 있고
먹고 배설할 수 있고
몸속에 기관들이 잘 움직이고
콧수염이 있어 먼지 막아 주고

잠을 잘 잘 수 있고
머리카락 손톱 발톱이 성장하고
두뇌로 눈물 흘리며 글 쓰고
문인들의 글 읽을 수 있고

살아 있고
해야 할 일 있고.

장애물

누구나 꽃길 원하며
그 길이 지속되길 꿈꾼다
자신의 삶은 긴 과정인데
본인이 바로 가장 큰 걸림돌

괴로울 때
가슴 아프지만 받아들여야 한다
왜 이리 나중에야 깨닫는가
법을 사랑하는 자 평안있다

두 눈 뜨고서도
어찌 앞을 보지 못하는가
언제라도 고개 돌리면
감사해야 할 일이 넘치고
별천지 같은 풀꽃 세상 만든다

마음 다스리는 자는
성을 정복하는 자보자 낫다
돈 욕심보다 사람들과
나누고픈 생각이 봄날 같은 행복을 만든다.

완연한 봄

추위가 물러가기 싫어하는데
소식이 남쪽에서 밀려온다
낮과 밤의 길이가 같아지는
춘분이 내일모레

활짝 핀 진달래가 때를 알린다
살포시 안아 주고픈 계절
옅은 연분홍들이
차츰 연두빛으로 물들어 간다

화창한 봄처럼 사람들의 마음에도
밝게 찾아와 암흑의 터널 답답함에서
벗어나 다시 찾아온 어느 봄날
서로 마주했으면 좋겠다

주변국과 전쟁의 공포에 시달리며
제자리 맴돌면서
쫓기다시피 살아가는 우리에게
평화의 메시지 날아오면 좋겠다.

꿀벌

미처 슬퍼할 시간 없도록
열심히 일하는 너
아인슈타인은 말했지 네가 멸종되면
인류도 4년 안에 사라질거라고

백 가지 작물 중에 일흔은
너를 통해 수정되니까 네가 사라지면
식량 과일 채소도 사라지고
먹거리의 생장이 되지 않을테지

인간은 하고자픈 일 추구하다
자연을 회복되지 못하게 망가뜨리고 말았지
공해에 찌들려
칠십억만 마리가 사라진 현실

꽃향기 가득 품고
그리운 님 기다리는 데
씨방에 들어와야 할 너
다시 오지 못할 먼 길 갔나 봐.

제비

귀소歸巢성이 강해 고향 찾아온 너
구월 구일 중양절에 강남에 갔다가
삼월 삼짓날 돌아온 고마운 새
숫자가 겹치는 날 갔다 온 새

민간에서 총명한 영물 길조吉鳥로 여기고
집 처마에 보금자리 틀면
좋은 일 생길 것으로 믿어
새끼 많이 치면 풍년 들었지

열심히 움직이는 사람에게
물찬 제비라고 해
어느새 친밀해졌는지
사랑받기 위해 태어났나 봐

흥부전에 은혜 받는 제비는
하늘의 심부름꾼이고
구원을 받는 제비는
지친 몸 의지할 곳 찾는 민중이지.

제비꽃

양지바른 빈터 모퉁이에서
자라는 앙징맞은 풀
이른 봄 잎 사이에서 나온
털이 달린 자줏빛 꽃

보랏빛으로 활짝 피어 방긋 웃는 꽃
척박하고 건조한 쪽부터 피어나고
손길이 있는 곳에서
잘 자라나는 꽃

사람과 친밀도가 높은 종
땅속에 뿌리 줄기 묻고
마디에는 겨울눈을 숨기고 있다가
봄이 되면 싹이 돋는 꽃

해가 바뀌고 봄이 올락말락할 때쯤
추위에도 끄떡없이 피어나는 꽃
작지만 그 강인함에 다시 보게하는 꽃
삼월 삼짓날 피어 이름 붙은 꽃.

가뭄

물 절약 운동이 지속된다
바닷물이 없어지고
강이 잦아서 마르겠고
운하에서는 악취가 난다

시냇물은 말라 줄어들고
갈대와 부들이 썩어버리고
강가에서 자라던 나무들도 다 죽고
가까운 곡식 밭이 다 말라가고

밭에 심은 것들도 다 죽어가고
어부들은 탄식하며
강에 낚시를 던지는 자는 슬퍼하며
물에 그물을 치는 자는 피곤하고

화제는 쉴새 없이 나고
품군들은 다 실망하고
근심하니
하늘이여, 부디 비를 내려주소서.

소쇄원

조선 중기 선비 양산보가 건축한
으뜸 정원, 기묘사화*로
스승인 조광조가 화순으로
유배당한 후에 사약 받고 사망하자

세상의 미련 거두고 창평에 낙향하여
숲속에 숨어 살 목적으로 조성되어
수 많은 문객들 이곳 찾아와
시와 학문 연구 산실이다

고산 준령마다 그 뒤에
개울이 흐르고
달빛은 햇빛 같고 햇빛은 일곱 배 되어
일곱 날의 빛 같아라

제주 양씨 건축가는 임종 직전
어느 언덕이나 골짜기 막론하고
나의 발길이 미치지 않은 곳이 없으니
이 동산을 남에게 팔거나 양도하지 않도록 하라

---

* 기묘사화 :1519년 훈구파에 의해 신진 사류들이 숙청되고 조광조가 화
  순 능주 지역에 유배된 사건

유언 대로 철저하게
이 원園을 지켜 왔으니
자랑스럽다.

김삿갓

홀어머니 부탁으로 과거시험
글쓰기 주제 '홍경래 난' 당시
무관이면서 투항해버린 김익순
백번 죽여도 아깝지 않은 비겁자라고
글을 써서 장원급제 합격했다

어머니는 듣고 서럽게 울어
왜 우느냐고 물으니
그 김익순이 너의 할아버지라 하니
조상을 욕보였다는 절망에 빠져

모욕한 자책 하늘 보고 살 수 없다고
스스로 죄인을 자처하며 삿갓 쓰고
전국 방랑하여 김삿갓이라 불렸고

깊고 푸른 적벽의 절경에 매료되어
수준 높은 시로 이름 날리면서
티끌 세상에 물들지 않고
물염정勿染亭*에서 한 많은 생을 마감했다.

---

* 물염정: 화순 이서 창랑리, 티끌 세상에 물들지 마라.

순천만 국가정원을 보고

육십만 평에 정원 조성해
다채로운 볼거리 아름다운 식물과 꽃
새들도 관찰할 수 있는 공간
때마침 수많은 새들도 공연 펼친다

그 중 사람들이 많이 기억하는
'꿈의 다리'는 명물로 꼽힌다
물 위에 떠 있는 길이 백칠십오 미터
정원의 동서로 사랑 이어 준다

김익중 작가는 어려운 미국 유학 시절
지하철 안에서 미술가 꿈 키우며
연습했던 3인치 크기 모자이크 그림
십육 개국에서 십사만 장 타일로 꾸며 놓았다

자체도 아름답고 오늘 내일 연결하는 통로
세계 어린이는 밝고 힘차게 달려나가고
병들고 지친 지구는 건강한 자신의 모습
그렸으면 하는 꿈 이루길.

식영정息影亭*

봄 되면
매화꽃 만개할 때 향기 가득한 곳
스승이요 장인인 석천 임억령 위해
김성원이 지은 정자

봄스러운 연못과 나무가 함께 있고
정철 성산별곡**의 배경
세속 떠나 마음 비우고
그림자도 쉬어가는 자리

무등산 광주호
주위에 시원한
송림이 있고
경치 좋은 가사문학歌辭文學*** 산실

창계천을 내려다보는 성산에 자리하여
그냥 앉아만 있어도 행복하고
사백년 역사 문화가 어우러져
명승지로 지정되어 오늘까지.

---

* 식영정: 전남 1호 기념물, 무안의 식영정은 息靈亭으로 한자가 다름
** 성산별곡: 성산의 사계절 풍경과 식영정자를 읊은 것. 성산은 담양 창
   평 지곡리의 지명
*** 歌辭文學: 조선 초기 시가와 산문의 중간 문학. 대표 작품 〈상춘곡〉,
   〈관동별곡〉

5·18 (1)

광주여 오월이여
사무친 함성 피맺힌 절벽 디디고
먼저 가신 선열들

죽음 각오한 마음
아슬아슬한 기백 너머
역사 망각한 민족 되지 않았다

상무관에 태극기 덮여진 시신들
구차하게 살 수 없다는 듯
끝까지 맨몸으로 저항했다

민주주의 심장에서
피흘린 영령들의 넋
오늘의 정의 그 정신 계승하리.

5·18 (2)

민주주의여
시민들의 몸부림
무참히 짓밟히고
쇠파이프에 맞아 쓰러졌다

두 사람이 양손 두 발목 잡고
땅바닥으로 질질 끌려가는 모습
끌어가는 잔인함이
죽은 개를 끌고 가듯

그자들이 우리 국군이었다니
믿기지 않는다
숭고한 오월 영령의 뜻 받들고자
오늘의 정의 열망한다

넋 기려 사랑 명예
심장이자 상징인
민주 인권 뿌리 내린 시민들
자랑스러운 평화의 정신 계승하리.

5·18 (3)

수많은 사람이 죽어가는 마당에
약탈 방화 절도 사건 하나 없었고
서로 가족의 안부 묻고 형편 살피는
성숙하고 훈훈한 도시인심이었다

총 들고 밝게 웃는 트럭 위의 시위대 위해
주먹밥 만들어 주었던 어머니들의 응원
계엄군의 무자비한 국가 폭력에 맞서
평화의 도시 정신 꽃피웠다

광주민중항쟁의 뒤를 이어
대통령을 각자의 손으로 뽑는
민주주의가 되었으니 전 세계로 뻗어 나갈
민주 인권 평화의 씨앗 뿌렸다

저절로 얻어진 게 아니라
정의 위해 목숨을 초개와 같이 바친
민주 열사와 애국 시민의 거룩한 희생
가슴 깊이 깊이 새겨야 하리.

세월호 참사 구주기

새벽 안산에서 다섯 시간여
버스 타고 목포 해경경비함정 승선했다
눈에 넣어도 아프지 않을 자녀들

열여덟 어린 나이에
아직 꿈도 펴보지 못한 아이들
영원히 기억하기 위해
가슴 아픈 사고 해역에 또 모였다

아들이 생존해 있다면 스물일곱
혈기왕성한 청년 되어 어떤 모습으로
성장했을지 많은 생각 교차한다

추도사 끝나고 가족은 하얀 장갑 끼고
국화꽃 한 송이 손에 들고 하나둘씩 뿌리고
이백오십 명의 단원고 희생자 호명하고

보고픈 마음
꾹꾹 누르던 엄마 엉엉 울면서
엄마가 미안해 금방 다시 올게
엄마 걱정하지 말고
그리운 아들 딸 행복하렴.

낙엽

찬 바람이 싸늘하게 불면
나뭇가지에서
붉은 열정이 떨어져
땅에 이불로 덮는다

사람들은 낙엽을 밟으며
싸그락 싸그락 노랫소리 듣고
함박웃음 짓는다

여름엔 푸르고
촘촘히 단장하더니
가을엔 당신의 힘 빼앗아
인생도 소슬바람에 떠날 것을.

그럴듯한 거짓말

홍시가 피 멍들어 가는
소리 들릴 무렵
트럭 도붓장사*
방송으로 외쳐댄다

동해 바다에서 막 와
벌떡 벌떡 숨쉬는 명태
눈 깜빡 깜빡 떴다 감았다
다섯 마리 오천원

짙어 가는 생선 비린내 모여
고즈넉한 마을 시장 이루어
흥정하는 소리로 가득하다.

---

* 도붓장사: 행상

제5부

인생 고목

인생 고목 | 놀이터 | 통일 효도 열차 | 평산 책방 | 짚 트랙 타다 | 어머님 떠나신 날 | 핼러윈데이 | 뽕나무 | 텃밭 | 양파 | 아내 | 이 사 | 모임 | 자전거 | 현충일 | 러시아 12세 소녀 | 고삼高三 벼슬 | 선인장仙人掌 | 무궁화

인생 고목

산에 오르니 큰 고목 만난다
잎이 없으니 흔들림 없고
지난 겨울 눈보라 치니
하얀 눈꽃이 잠간 피었다

사람의 마지막 모습이 역력하다
왔다 떠날 시간 임박했나 보다
밑둥에는 각종 벌레들이 살고
죽어도 산 것인가

어디서 와서 어디로 가는지는
전하는 이 없어 누구도 몰라
하늘의 향연이 나그네로
머물고 싶지 않았을 텐데

슬픔이 그리움보다 앞서서 쌓이고 쌓여
독백의 깊어 가는 노년 내음
잃어 버렸던 80 세월 탓하랴
고향 옛정 그리며 나 홀로 익어간다.

놀이터

나이 많은 아파트 고령이 주로 산다
어린이 놀이터 일상조차 아름답다
오후 되면 나와 놀면서
까르르 웃는 소리 들썩들썩

이들이 나라의 미래 기둥들
곱게곱게 길러 대한민국 이어가게
졸음에 빠진 심야의 구름 몇 점
초롱초롱 별밭의 꿈길 밟는다

할아버지 생일에
꾹꾹 눌러쓴 사랑 담은 손편지
손자손녀들이 함께 놀아주는 게
큰 선물, 행복하고 감사하다

세월이 수면 위에서
수없이 자맥질하다가
연못의 깊은 비밀 밝히고 있다
이 감격 지속되었으면.

통일 효도 열차

을씨년스러운 날씨
분단의 아픔 되새기는
대한민국 최북단 도라산역
한반도 갈라진 현실 실감한다

삼백이십 명 평화교육 받도록
조금은 상기된 표정으로
제3땅굴 통일촌 전망대에서
가까이 있는 가족의 땅만 바라본다

팔십 넘은 한분은
아버지와 헤어져 북한에 살지만
아직까지 소식 알 길 없고
오십 년 훌쩍 넘는 시간 동안
서로 만나보지 못하고 마음만 아프단다

통곡하며 쳐다볼 수밖에 없어
머리로는 돌아가셨다고 생각하지만
마음으로는 여전히 그립단다
눈물 흘리며 북녘 땅만 넋 잃고 바라보며.

평산 책방

한산하기 그지없는 시골 마을
전직 대통령 이사해 살더니
몇 달 확성기 소리에 주민들 시달렸다.

이사 후 일 년 만에 평산 책방을 낳아
동네 이름으로 간판 달고
주민들 운영에 참여하고 있다

5월 가정의 달에
대표와 그 일행이 방문하여
회의하고 국민에게 관심 갖게 했다

대표는 책값 계산대에서 받고
원내 대표도 도장 찍어 봉투에 담아
손에 건네주는 모습 보기 좋다.

전직 대통령, 현직 대표, 책 구매자
나란이 서서 사진 찍는 광경
독자는 이를 보고 칭찬 댓글 줄줄이 단다.

짚 트랙 타다

강진 도암면 출렁다리 건너 가우도에서
우뚝 솟은 청자탑에서 공중하강체험
해양 경관 전망대에서 힐링 시간
푸르른 물 가로질러 가는 코스

청자타워에서 해안이 1㎞ 높이 70m
물 위에 줄 하나로 몸 매달고
하늘 나는 경이로움
바다를 발 아래 두고 하늘길

봄날 일상에 밀렸던 스트레스 한 방에 날린다
공중에서 너른 시야 멋진 풍경 보며
줄에 매달린 헬멧으로 무장하고
준비 완료 버튼 누르니 출발한다

바람이 강하게 불어 몸이 앞으로 전진하다가
백팔십도 돌아 서버린다
오 분 정도 걸려 목적지에 도착하여
네 사람 함께 찍은 사진 마치 우주인 같다.

어머님 떠나신 날

이제는 어머님 옆에 누워 볼 기회조차 없다
어머님이 가셨다.
다시 올 수 없는 길 가셨다
나는 어머님께 가는 날이 있지만
어머님은 다시 세상에 올 수 없다

누구나 한 번은 가야 하는 길
어머님 가시는 모습
부러울 정도로 평안하다
어머님이 살아오신 길은
험산 준령의 길이었고
하루도 근심 걱정 없는 날이 없었다

자신은 좋은 것 들지도 못하면서도
이 자식들 어떻게 먹여 살릴까
자신은 좋은 옷 한벌 입어본 적 없어도
이 자식들 어떻게 입히고 살까만
걱정한 어머니

자신은 학교 문턱 밟지 못해
밤에 동네 야학 다녔으면서

이 자식들 어떻게 가르치고 살까
땅이 꺼지도록 한숨 쉬며 살았던 어머니

열 자녀를 낳고 기르시니
비록 그중 넷은 일찍 갔지만
이제 모든 염려 근심 걱정 다 털어 버리고
천국에서 예수님과 더불어
편안히 영생복락 누렸으면!
엄마, 엄마, 엄마!

세상에 태어나
가장 먼저 엄마에게 배운 말
"엄마"
곁에서 마지막으로 불러 본다
천만다행으로 예수 믿어
예수님 교회 봉사하셨지
부름 받아 천국에 가셨으니
예수님과 더불어 안식하시겠지

어머님 76세에 가셨는데
어머니 자식들이 곧 뒤따라 가겠지

큰아들은 80줄

어머님 세상 떠나신 때가 지났고

둘째 아들 70세 곧 임박했고

셋째 아들은…

어머님 천국 가셨으니

4남 2녀 자녀들 모두 천국 가야 할 텐데

51명의 자녀 손주들

예수님 계신 천국 가서 다 만나도록

엄마, 엄마, 안녕!

※ 운명하신 어머님 옆에 30여 분 누워 있으면서 생전
　의 모습 그려보며 가슴에 새겨 보았다.

핼러윈데이

시월 마지막 주말 밤
서양의 연례 풍속
어린이들에게 의미 있는 행사
얼굴에 가면과 요술 복장 입고
이웃집의 문 두드린다

'과자를 주지 않으면 장난칠 것'
집집마다 방문하여
어른들이 놀라는 척하며
초콜릿 줘서 달래어 보내는 놀이 문화

20대들은 가장 똑똑하다는 세대
기분에 취하여 귀신놀이에 빠져
죽음도 불사한 것인가, 순간은 있었으나
미래가 없어진 게 안타깝기만 하다

듣도 보도 못한 문화가 한국에 들어와
인파 모여 수많은 희생자 발생한 충격
부디 희생자 유족들에게 위로 되고
가족의 그리움이 승화되길.

뽕나무

골프장 옆에 큼직한 나무 한 그루
잎이 번쩍번쩍 광택 나고
오디가 주렁주렁
초록에서 검붉은색으로

열매는 오래전부터
과일이나 즙으로 심심풀이
먹으면 소화 잘 되어
방귀가 뽕하고 나왔지

누군가 나뭇가지 붙들고 흔드니
우박 쏟아지듯 우수수
그걸 주워 먹고 검게 물든 헛바닥
웃어 보였지

봄에 새순 자라
여린 뽕잎 따다 나물 무쳐 먹고
따스한 온기 되어
그때 행복했던 추억.

텃밭

몇 년째 가꾸어 오고 있다
작물을 심고 어린애 놀이터 같다
뜨겁던 한 낮의 열기도
수많은 사연들 모아지고

연한 풀 위에 가는 비가 내리고
꽃이 피면 새로운 희망과
결실을 기다리며
하루 하루 열어간다

세월이 흐르면
지나는 바람같이
스르르 사라져 버릴
헛되고 허전함도 이곳에서 보낸다

눈 속에 가슴속에
묶은 때 벗겨가며
속마음까지 드러내어
향그럽게 말리고 싶다.

양파

늦가을 배추 뽑아내고 심는다
추워진 날씨에
며칠 동안 하얀 눈 뒤덮여
얼었다 녹았다 반복한다

눈 녹으면 뿌리가 들떠 밟아주고
마르지 않게 해 준다
동장군 물러나면 영양공급 수분 조절
땅에 저장된 물 준다

이른 봄 저 연약한 게
제 구실 할 수 있을까
온도 오르고 비 오니 부드러운 모습
사랑처럼 예쁘게 쑤욱 내민다

심는 이는 농부지만
하늘이 자라게 해준다
인동초忍冬草에 이슬 내려
달콤한 눈길 빛 보게 되리.

아내

부부 중 한편만 불편해도
두 사람 자유롭지 못한가 봐
열나고 화장실 문 불이나고
견디다 못해 병원 간다

장염이란다
약 처방 받고 링거 맞고
며칠 간 연속 힘들어 했다

건강할 땐 잘 몰랐는데
몸 아파 누워있으니 눈 앞이 캄캄
아내의 아픔이 나의 고통

건강하게 살아 있어
자신이 행복하다는 걸
또 한번 실감했다

어머니 밥 28년 아내 밥 50년 먹었다
표현 서툴러도 항상 고맙고 미안해
부부 한 몸이기에.

이사

고향 한 번 떠나 온 후에
날이 가고 달이 가도
내 맘에 사무쳐 잊을 수 없어
정든 땅 헤어진다는 것 쉽지 않아

손때 묻고 익숙한 살림살이
아쉬워도 버려야 하니
배려 깊고 햇살처럼 따스했는데
기댈 곳 잃어버린 빈자리

살던 곳 이별이
인생무상함 느끼게도
어려서 태자리 떠난 지
수십 년 훌쩍

생명체 탄생을 위한
사랑의 보금자리 상상의 나래 편다
홀로 나뭇가지 끝물 먹은 까치 소리
오늘 유난히 청아하다 반가운 소식 있으려나.

모임

오십년 전 함께 활동했던 함광회
나이는 칠십 팔십을 내다보고
사는 곳 미국 서울 광주 여수 고흥
오랜만에 만나니 마음 설렌다

벽시계는 변함없이 톱니바퀴 돈다
인생은 무한 반복임을 가르친다
초침은 분침을 분침은 시침을
시침은 여기까지 세월을 밀어 온다

이들은 달팽이 촉수 같은
더듬이 손잡고
가는 듯 마는 듯 벽을 숨 가쁘게
오르며 어렵게 살아가겠지

몸부림치고 까무러치게 가난했어도
어떤 환경에서도 견디는 힘이 내재 된 자들
감사하는 말을 반복하며
한 번도 살아보지 못한 하루를 살아간다.

자전거

'따르릉 따르릉'
교통부 주제곡이라 했던가
동네 누가 자전거 샀다하면
어릴적 함께 놀던 친구들과
구경하고 무척 부러워했다

지칠 줄 모르고 날아오르는데
오랫만에 밤새 비 내려
녹색 잎은 생명 물빛 머금고
세월 지나면서 새로운 소망 바라본다

따스한 정 채우며
사랑으로 하나 되리
쪽빛 하늘 솜털 구름 사이로
그때 그리운 시절 회상하며.

현충일

조국 수호 위해
희생한 순국선열
호국 영령들의 숭고한 애국정신 기리는 날
이들이 있었기에 여기까지 왔다

미래세대 나라 사랑 가르치는 길
겨레의 영웅님들 목숨 바쳐 지켜낸
소중한 이 땅을 민주 평화가
꽃피는 따스한 공동체로 만들자

위대한 사랑 영원히 가슴에 새겨
대한민국 지켜낸 당신들의 업적 기억하며
꽃밭으로 변하는 빈 가슴
애달퍼 서러움 알알이 돌이 되어

적막감에 울어 지친다
열사들 앞에 부끄럽지 않는 자 되어
님들을 생각하며
짙게 물드는 노을처럼.

러시아 12세 소녀

학교 미술 수업 시간에
우크라이나 가족에게 날아가는 미사일에다
'전쟁반대' '우크라이나 영광'이라 썼으니
담임 교사가 경찰을 불러 심문한다

그녀의 아빠(54)를 소환하여
러시아군 명예훼손 혐의로 압수수색
부녀는 함께 살았지만
2년 징역형으로 함께 살 수 없게 된다

딸은 큰 하트에
'아빠는 나의 영웅'이라 적어 편지 보냈다
대통령의 인권 위원회는
아버지로서 역할 다하지 않았다고 비판

인권단체는 당국의 처분을 비판하며
가족의 재결합 촉구하고 캠페인에 들어간다
소녀가 그리운 아빠 어서 빨리 만나고
속히 전쟁 끝나 평화가 오길.

고삼高三 벼슬

솔이 엄마는 도시락 싸고 깨워 보내고
일한 후에 밤늦게 학교로 데리러 가고
할아버지는 아침 등교시켜주는
가족 모두 고삼 학생이다

신경쓸까 봐 말 한마디도 조심하며
몇 개월 남지 않아 최선 다해 돕고
환하게 낮달이 피어나면서
꽃에 잠자리 들떠 놀던 때

밥 먹을 시간 없으니 이동하는
차 안에서 아침밥 먹고
누구에게라도 애절하게 달려드는
실력자가 되어야 하기에

교실에서 아침 일찍부터 밤늦게까지
갇혀 있다가 귀가하는데 머지않아
그때가 그리워 긴 세월 흘린 눈물
마른 가슴에 얼어붙는다.

선인장仙人掌

몇 년 전 지인이
예쁘게 핀 선인장 선물로 주었다
세월이 흐르다보니 너무 커
집안에서는 함께 살기 어려워

냉정하다 하겠지만
공지空地로 이사시켰다
기온이 오르고 비가 내리니
제법 생기 얻어 간다

며칠 후 십여 송이가 맺혀
바람 속 내일에
향긋한 꽃 피울 채비 하고 있다

식물이지만 미안한 마음
낑낑거리며 힘겹게 살아나
환하게 꽃 피우고 있다.

무궁화

우리 민족의 사랑 받는 국화國花
끈기 있고 섬세한 나무
영원히 피고 또 핀다

아침에 피었다가
저녁에 떨어지는 하루살이
세속의 행복과
부귀영화의 덧없음 교훈하는 듯

일제 강점기 때
한국인의 상징인 꽃
없애려 했고 눈에 피오른다 하여
뽑혀버린 수모를 당했던 꽃

애국지사 남궁혁
전국에 무궁화 묘목 보급하다
형무소에 투옥되기도
끊임없이 피는 무궁화 동산*되길.

---

* 무궁화 동산: 대한민국을 아름답게 일컫는 말

정경균 시인의 시집 출간을
축하하며

박 덕 은

- 문학박사, 前 전남대 교수, 문학평론가, 시인
소설가, 동화작가, 수필가, 화가, 사진작가

정경균 시인의 시집 출간을
축하하며

박 덕 은 (한실문예창작 지도 교수)

  정경균 시인은 전남 나주시 봉황면 덕용산 자락 철애마을에서 아버지 정남환 씨와 어머니 홍기님 씨 사이에서 4남 2녀 중 둘째 아들도 태어났다. 궁핍한 가정에서 자라난 그는 봉황초등학교를 다녔고, 중· 고등학교로 진학하여 졸업했다.

  군 복무를 마치고 곧바로 신학교에 입학하여, 신앙생활의 초석을 깔았다. 대학 재학 중에 지인의 소개로 지금의 아내를 만나 결혼하여 슬하에 2남 1녀를 두었다. 첫째 아들은 서울에서 사업, 둘째 아들 가족은 미국에서 한의원 운영, 딸 가족은 한의사로 각각 살아가고 있다.

  한동안 광주함광교회에서 교육 전도사로 활동했다. 서울 소재 총회신학대학 대학원을 졸업한 뒤 목사가 된 그는 송정중앙교회에서 부목사로 5년간 사역한 뒤, 대촌중앙교회로 옮겨 24년간 담임목사로 사역하다가 퇴직했다. 한때 광신대학교 헬라어 강사를 맡기도 했다.

지금은 대촌중앙교회의 원로 목사로 한가로운 여생을 보내면서, 나주시 노안면 오정리 〈즐거운요양병원〉 원목으로 예배 인도를 하고 있다.

　지금까지 나주 즐거운요양병원에서 노인들을 상대로 원예프로그램을 진행했으며, 광산구 정신건강복지센터에서도 장애인을 상대로 원예프로그램을 진행한 바 있다.

　한실문예창작(지도 교수 박덕은)에서 꾸준히 시 창작 훈련을 받았으며, 계간지《동산문학》시 신인문학상, 계간지《하나로 선 사상과 문학》수필 신인문학상, 계간지《동산문학》디카시 신인문학상 등으로 문단 데뷔하여, 현재 작가 활동을 활발히 하고 있다.

　문학 활동으로는 광주광역시 문인협회 회원, 광주광역시 시인협회 회원, 한국 예술인협회 회원, 계간지《하나로 선 사상과 문학》작가회 회원 및 운영위원, 효령문학 회원, 향그런문학 회원, 한실문예창작 회원 등으로 활약하고 있다.

　봉사상으로는, 자원봉사상(광주광역시 광산구 정신건강복지센터), 최우수 자원봉사상(광주광역시 광산구 정신건강복지센터), 효령나눔천사 봉사상(광주복지재단 효령노인복지타운) 등을 수상했고, 문학상 수상으로는, 광주매일신문 주최 제9회 무등산 문학 백일장 대회에서 운문 부문 일반부에서 최우수상을 수상한 바 있다.

　작품집으로는 디카시집 『사랑으로 일어나라』를

출간했다.

  자, 지금부터 정경균 시 세계로 탐방을 떠나 보도
록 하자.

  비가 오다 개인 아침
  산 중턱에
  안개가 군무를 한다

  누구에게
  보여 주려는 걸까
  햇볕 앞에
  사라지고 마는 것을

  잠깐 왔다 가는 인생
  안개처럼
  군무를 하다가

  위에서 부르시면
  흘린 땀 쓱쓱 손 털고 떠나는
  안개 인생인 것을.
  - 「안개 인생」 전문

  이 시에서의 시적 화자는 산 중턱의 안개를 바라
보며 인생을 설파하고 있다. 세상을 호령하듯 흰빛
의 힘으로 무장하고 산 중턱을 점령하지만, 햇살이

비추면 맥도 못 추고 사라지고 만다. 안개만큼 완벽한 숨김이 또 있을까. 어떤 발자국도 남기지 않고 완벽하게 몸을 감추게 하는 저 흰빛의 세상. 늘 푸른 소나무든 억겁의 시간을 버틴 바위든 상관하지 않고, 안개는 이 모든 것을 제 치마폭으로 감싸는 놀라운 비법이 있다. 아니, 안개 앞에서는 누구도 꼼짝달싹하지 못한다. 안개의 힘에 압도되어 안개 앞에 무릎을 꿇고 엎드려야 한다. 하지만 햇살이 비추면 그 안개도 사라지고 만다.

안개로 상징할 수 있는 것이 고통이든 희망이든 관계없이 시간이 지나면 모든 게 물거품처럼 사라진다. 시적 화자는 우리네 삶을 안개와 같은 인생이라고 말하고 있다. 맞다. 안개처럼 잠깐 왔다 가는 인생이다. 군무하는 안개, 누구에게 보여주려고 저리 폼을 재는 걸까, 이제 곧 햇볕 앞에 사라지고 말 텐데. 잠깐 왔다 가는 인생, 위에서 부르면 흘린 땀 쓱쓱 손 털고 떠나는 안개 인생인 것을. 인생과 안개를 결합시켜 인생의 허무를 알리고 있다. 너무 지나친 물질욕, 너무 과한 명예욕 모두 허무하다는 걸 은은히 전달하고 있다.

17년 만에 내린 많은 눈
비가 오지 않아
눈이라도 많이 내리기 바랬는데
토요일 마을 뒷산에 올랐다

멀리나 가까이
눈 덮인 세상 어찌 이리 깨끗할까

큰 나무는 북풍 눈보라에
추워서인지 멋있어서인지
북쪽으로 흰옷을 한 벌 더 입었다

소나무가 눈의 무게 이기지 못해
뿌리 뽑히고
허리 부러지고
자식이 끊겨져 나가는
저 아픔

몇 날 며칠 눈이 내려
햇볕 보지 못해 그리웠는데
나무들 눈꽃 사이로 밝게 들어오니
그렇지 않아도 하얀 눈이
더욱 눈부시다.

-「설경 속 산행」 전문

이 시에서의 시적 화자는 눈이 온 뒤 산행하며 느
끼는 감회를 펼쳐놓고 있다. 눈 내린 산은 한 폭의
산수화 같다. 여백도 눈으로 덧칠한 화법으로 다가
오기에 또 다른 매력이다. 비움과 채움이 저 설경과
같다면 비울 것도 채울 것도 없을 것만 같다. 눈길을
헤치며 산행을 하는 이유도 비움과 채움의 의미를

설경 속에서 느끼고 싶어서일지도 모른다. 혼신의 힘으로 허공을 가로질러 지상에 내려온 눈은 어찌 보면 신의 은총인지도 모른다. 비우고 살라는 말씀을 저 함박눈에 빗대어 에둘러 표현하고 있는 듯하다. 겨울은 불꽃 같은 심장을 눈으로 위장해 나무에 걸어놓은 것일까. 그 심장의 뜨거움으로 겨울나무는 추위를 이겨내는 것일까.

눈 덮인 겨울나무의 아름다움을 시적 화자는 '큰 나무는 북풍 눈보라에/ 추워서인지 멋있어서인지/ 북쪽으로 흰옷을 한 벌 더 입었다'라고 말하고 있다. '북쪽으로 흰옷을 한 벌'이라는 표현이 멋지다. 17년 만에 내린 눈이 참 반갑다. 물 부족일 때 내린 눈이라서 더 반갑다. 토요일 마을 뒷산은 온통 눈 덮인 세상, 북풍 눈보라에 북쪽으로 흰옷 한 벌 더 입고 있는 나무들, 눈의 무게 이기지 못하여 뿌리 뽑히고 허리 부러진 소나무, 아픔이 느껴진다. 며칠 동안 눈 때문에 햇빛을 보지 못했는데, 나무들과 눈꽃송이 사이로 밝게 들어오는 햇살이 참 싱그럽다. 오늘따라 하얀 눈이 더욱 눈부시다. 시적 화자의 시선으로 바라본 설경이 순수하고 찬란하다. 때 묻지 않는 시적 화자의 시선이 담백하고 순수해서 좋다.

직장에서 일하는 중년 여인
그 나이에도 윗사람 보면
유치원 어린아이인 듯

배꼽 인사 공손히 한다

그녀의 말씨
은쟁반의 금사과처럼 향긋하다

오늘은 어제 사용한 말의 결실
낮은 목소리 가만가만히
가슴에 대고 되새긴다

아침에 첫마디 보석 같아
밝고 신나는 말로 하루 열어
좋은 씨앗 심어
값진 열매로 돌아온다
누군가 그리워하는 속삭임으로.

- 「말」 전문

　이 시에서의 시적 화자는 직장에서 근무하는 한 중년 여인의 근무 태도나 말씨를 보고 감탄하고 있다.

　허공에서 잠들고 허공에서 눈뜨는 말(言)은 눈에 보이지 않는 유목민과 같다. 칼날 겨누는 유목민도 있지만, 향기를 내뿜는 유목민도 있다. 향기와 꽃으로 다가오는 말이라는 유목민에게 마음문 열고 그들의 영토에 성큼 들어설 수 있는 것도 바로 배꼽 인사와 같은 향기가 있기 때문이다. 향기 내뿜는 유목민과 함께 있으면 우리도 그 종족의 일원이 되고 싶어진다. 향기로 한 생을 축적하며 나아가는 말이라는 유목민을 이 시에서 그려내고 있다.

시적 화자도 그 중년 여인을 통해 향그러운 유목민이 되어 그 여인처럼 새로운 영토를 확장해 갈 것이다. 중년 여인인데도 마치 유치원 아이처럼 윗사람에게 배꼽 인사를 하고, 은쟁반의 금사과처럼 향긋한 말씨를 사용하는 모습에 시적 화자는 감동하고 있다. 그걸 가슴에 새기는 시적 화자, 누군가를 그리워하는 속삭임으로 낮은 목소리로 연습해 보는 시적 화자, 그 감성이 보드랍게 다가온다. 시의 특질이 이러한 섬세한 감성, 아름다운 감성, 순수한 감성을 미적 가치의 그릇에 담아내는 것은 아닐까.

섬진강 따라 거니는데
진초록빛
나뭇잎에는
맑디맑은 물방울
대롱대롱 열렸다

산에는
누가 그린 것도 아닌데
하얀 구름은
보기 좋아 실감 난다

하늘은 구름 한 점 없이
쾌청하여

눈길을 홀리게 한다

강물에 나뭇잎 배 타고
하늘의 도화지 알록달록
가장 아름답게
색칠해 간다.

-「비 온 뒤」전문

이 시에서의 시적 화자는 비가 온 뒤 섬진강 따라 거닐면서 펼쳐지는 정경을 이미지로 그려놓고 있다. 비는 적당한 빗줄기의 간격을 유지하며 충돌 없이 내린다. 그 다정한 간격 때문인지, 가지 끝에 매달린 물방울들도 다정한 간격으로 방울방울 맺혀 있다. 비가 온 뒤 온 산야가 푸르른 것도 비의 다정한 자세를 받아들였기 때문일 것이다.

같은 무게의 빗방울이 같은 무게의 사랑으로 다가 갔기에 모두 만족했을 것이다. 어떤 빗방울은 절벽에 부딪혀 깨지기도 하고, 또 어떤 빗방울은 신발에 밟혀 짓뭉개지기도 했겠지만, 자신의 운명에 충실하며 따스한 빗줄기로 다가갔을 것이다.

그런 비의 은총이 있었기에 비 온 뒤의 섬진강은 더 아름답다. 진초록 나뭇잎에는 맑은 물방울이 대롱대롱 열려있고, 산에는 하얀 구름 보기 좋게 떠가고, 하늘에는 구름 한 점 없이 쾌청하다. 강물에는 나뭇잎 배가 하늘 도화지를 아름답게 알록달록 색칠

해 간다. 마치 동심의 세계 속을 노니는 듯하다. 가
장 깨끗한 마음결을 만나 속삭이는 듯하다. 작가의
시심이 거의 동심 쪽으로 깊숙이 뻗어있는 듯하다.

　밝은 햇살 아래
　앞에는 널따란 태평양
　산 위에 작은 마을 앞
　낮에 보는 다랭이논

　수많은 계단으로 층층이 쌓여
　좁고 꾸불꾸불 길디길다
　멀리서 들려오는 파도의 울음소리
　낮게 갈매기만 길 내며 날고 있다

　산성처럼 첩첩이 둘러싸여
　바닷가 물안개 낀 산골짜기
　네모나 동그라미 모양은 없어도
　초생달 같은 모습

　청정 나들이 나온 바람 따라
　바다 내음 상큼 풍긴
　이 동네에서
　섬 특유의 정취에 취한다.
　-「사천 다랭이논」 전문

　이 시에서의 시적 화자는 사천 다랭이논을 바라보

고 이국정취에 취한 듯 잠시 행복을 느낀다. 바다를 앞에 두고 흘러내린 듯 겹겹이 포개진 다랭이논이 마을 앞에 있다. 저 다랭이논은 물길을 댈 수 없어 오직 하늘에만 의존해야 한다. 물의 날개를 활짝 펴는 비가 와야 논농사를 지을 수가 있다. 물의 날개를 하늘 우물에서 길어 올리기 위해 파도의 울음소리가 들려오는 것일까. 물의 심장이 깨어나 물빛 날갯짓을 할 수 있도록 갈매기들이 날고 있는 것일까.

다랭이논으로 파도 소리와 갈매기들이 물길 같은 길을 내고 있다. 좁고 꾸불꾸불 길디길게 길을 내고 있다. 영화의 한 장면을 보고 있는 듯한 느낌이 든다. 멋지다. 사천의 한 다랭이논, 산 위 작은 마을 앞에 수많은 계단이 층층이 펼쳐져 있다. 좁고 꾸불꾸불 길게 뻗어있다. 간혹 파도 소리, 갈매기 소리만 지나간다. 마치 산성 같다. 물안개 낀 골짜기가 초생달을 닮았다. 청정 나들이 나온 바람 따라 바다 내음이 섬 특유의 정취를 풍기며 지나간다.

시어로 그려지는 수채화가 독자의 마음을 즐겁게 해준다. 이처럼 얼마든지 시인은 시어로 그려놓은 그림들을 독자의 감성에 선물해 줄 수 있어 멋스럽다.

이미지 시들이 독자들의 사랑을 받는 이유를 알 것 같다.

화장터에 도착하니
매우 깨끗하다

냄새도 굴뚝도 없는 곳
사람이 단 한 번 죽어 가는 길

관 앞세우고 상주 조문객 따르고
화장장火葬長 지시 따라
이동하는 차에 관 올려놓고

버튼 눌러
화로 안으로 쭈욱 밀어 넣으니
안에는 불이 활활 타고
양옆에서 육중한 문이 가로막고
몇 초 후 위에서 아래로
누구도 열 수 없게 거듭 겹친다

옆에서 닫히고
위에서 아래로 닫힌 문
이 세상과 저 세상 구분하는
십자가 문.

- 「문」 전문

   이 시에서의 시적 화자는 화장터의 정경을 묵묵히
그려놓으며 십자가 문을 떠올리고 있다. 죽음이라는
저 문을 열고 가면 다시는 돌아올 수 없다. 죽음의
안쪽으로 들어가야 하는 저 문, 시간의 심장이 모두
사라지는 저 문, 캄캄한 밤하늘에 막막한 울음만 쏟
아야 하는 저 문. 발끝을 들고 조심 조심 걸어도 누

구나 저 문을 통과해야 한다.

숨결이 사라지고 심장이 사라지고 온기가 사라지고, 골목과 골목을 걸었던 생의 걸음들이 사라져야 한다. 문득 쓸쓸함이 밀려온다. 사는 게 참 허탈하다. 그런 허무 앞에 놓일 만도 한데 시적 화자는 죽음이라는 문을 십자가 문이라고 말하고 있다. 희생의 십자가로 바라보았을 때 우리는 죽음 앞에서 해야 할 일이 있다. 허무를 딛고 일어설 어떤 의미가 주어진다. 시적 화자의 눈길이 깊다.

냄새도 굴뚝도 없는 화장터, 관 앞세우고 상주 조문객 따르고, 화장장 지시 따라 이동하는 차에 관 올려놓는 정경, 화로 안으로 들어가 활활 타는 관, 육중한 문, 옆에서 위에서 아래로 닫힌 문, 그게 바로 이승과 저승을 구분하는 십자가 문. 짤막한 시 속에 인생사와 세상사가 한꺼번에 응축된 듯하다. 세상 욕심에 찌든 인생들에게 육중한 경고의 메시지를 던져 주고 있는 듯하다.

섬들 가운데 세워져
길디긴 세월 보듬어 가며
외로이 자신의 의무 다해
항해하는 배
품 안으로 인도한 불빛

수평선 저 멀리 빨갛게 물들이고

안전 항로 안내하는 신호등
앞이 캄캄할 때
한없이 넓고 푸른 망망한 바다

비바람이 무섭게 몰아칠 때도
추위 더위 태풍에도
꿋꿋이 지키고 서 있다

큰 물결이 설레는 외딴 곳에서
마음에 그리움 삭히며
배에 위안의 빛 비추며
오늘도 호젓이 기다리고 있다.

-「조도 등대」전문

　이 시에서의 시적 화자는 조도 등대를 유심히 관
찰하고 있다. 등대는 멀리 떠난 자식이 안전하게 돌
아오기를 기도하는 어머니와 같다. 밤을 꼬박 새우
며 하염없이 먼 바다만 바라보며 두 손 모은 어머니
의 뒷모습과 같다.
　밤길 밝히는 등대는 나선형의 계단을 구불구불 올
라가 불을 밝힌다. 빙글빙글 도는 어지럼증을 이고
그 계단을 올라가야 한다. 자식을 키우기 위해 서러
움과 가난과 슬픔이라는 현기증을 이겨내야 하듯이.
그래서 그럴까. 캄캄한 바닷길에서 길을 잃다가도
어머니의 품 같은 등대 불빛이 보이면 안도의 한숨

을 내쉰다. 새벽녘까지 등대는 제 불빛으로 제 심장으로 바닷길을 끌어안는다. 섬들 가운데 세워져 길디긴 세월 보듬고 있는 등대, 외롭게 자신의 의무를 다하고 있는 등대, 항해하는 배를 사랑의 품 안으로 인도해 주는 등대, 수평선 빨갛게 물들이며 안전 항로 안내하는 신호등 같은 등대, 망망한 바다, 비바람, 태풍에도 꿋꿋이 자리 지키고 있는 등대, 외딴곳에서 그리움 삭히며 호젓이 기다리고 있는 등대. 자식의 안전을 기원하는 어머니와 같다.

이렇듯 다양한 각도로 조도 등대를 묘사하고 있다. 묘사와 이미지가 만나 아름다운 시적 형상화를 이뤄 놓고 있다.

누구나 꽃길 원하며
그 길이 지속되길 꿈꾼다
자신의 삶은 긴 과정인데
본인이 바로 가장 큰 걸림돌

괴로울 때
가슴 아프지만 받아들여야 한다
왜 이리 나중에야 깨닫는가
법을 사랑하는 자 평안 있다

두 눈 뜨고서도
어찌 앞을 보지 못하는가
언제라도 고개 돌리면

감사해야 할 일이 넘치고
별천지 같은 풀꽃 세상 만든다

마음 다스리는 자는
성을 정복하는 자보자 낫다
돈 욕심보다
사람들과 나누고픈 생각이
봄날 같은 행복을 만든다.

-「장애물」전문

이 시에서의 시적 화자는 인생을 꾸려나갈 때 장애물들을 점검해 보고 있다. 꽃길이 지속되는 걸 방해하는 자는 다름 아닌 자기 자신이다. 자신의 삶을 가장 사랑하는 이가 자신일 텐데, 어떻게 자신이 가장 큰 장애물이 될 수 있을까. 하지만 맞는 말이다. 자신이 자신의 가장 큰 적이 될 수 있다고 말하는 시적 화자의 시선이 날카롭다. 오랜 세월을 목사로 사역한 시인의 깨달음일 것이다.

우리 안에는 늘 선과 악이 갈등을 일으키고 있다. 마음의 중심을 잘 잡아야 우리가 원하는 꽃길을 걸을 수 있다. 하지만 중심을 잡는다는 게 어디 말처럼 쉬운 일인가. 바람에 흔들리고 아픔에 넘어지고 불안에 떠밀리기 쉬운 게 사람인데. 시적 화자는 '본인이 바로 가장 큰 걸림돌'이라는 것을 깨달으면 된다고 강조한다.

에둘러 돌아가지 않고 직설적으로 말한다. 인생의 모든 해결책은 내 안에 있다고 명쾌하게 얘기하는 듯해서 시원하기도 하다. 그러면서 한 번 더 강조한다. '괴로울 때/ 가슴 아프지만 받아들여야 한다'라고 말하고 있다. 변명하고 싶지만 내 탓이 아니라고. 방어하고 싶지만, 받아들여야 한다고 말한다. 그래야 마음의 중심을 잡을 수 있다고.

왜 마음에 평안이 없을까. 두 눈 뜨고도 왜 앞을 보지 못하나. 돈 욕심 내는 자에게 한마디 해주고 싶어 한다.

감사할 일을 찾아라, 마음을 다스려라, 괴로울 때 받아들여라, 그게 꽃길로 가는 지름길이다.

마치 설교를 듣는 듯하다. 우리의 부족한 점, 고쳐야 할 점, 깨우쳐야 할 점 등을 부드럽게 조언해 주는 속삭임이 고맙고 정겹다.

양지바른 빈터 모퉁이에서
자라는 앙징맞은 풀
이른 봄 잎 사이에서 나온
털이 달린 자줏빛 꽃

보랏빛으로 활짝 피어 방긋 웃는 꽃
척박하고 건조한 쪽부터 피어나고
손길이 있는 곳에서
잘 자라나는 꽃

사람과 친밀도가 높은 종
땅속에 뿌리 줄기 묻고
마디에는 겨울눈을 숨기고 있다가
봄이 되면 싹이 돋는 꽃

해가 바뀌고 봄이 올락말락 할 때쯤
추위에도 끄떡없이 피어나는 꽃
작지만 그 강인함에 다시 보게 하는 꽃
삼월 삼짇날 피어 이름 붙은 꽃.

- 「제비꽃」 전문

  이 시에서의 시적 화자는 삼월 삼짇날 피어나는
제비꽃에 대해 유심히 관찰하고 있다. 저 제비꽃을
피우기 위해 우주는 몸을 기울여 바람과 추위를 막
아냈을 것이다. 우주와 숲은 떨리는 마음으로 자줏
빛 꽃 한 송이 피우기 위해 긴긴밤을 조마조마했을
것이다. 산짐승의 뒷발에 채이지 않도록 돌보면서
쉴 새 없이 햇살을 물어 나르고 봄바람을 끌어왔을
것이다. 빈터 모퉁이에서 핀 꽃이 외롭지 않게 봄을
불러왔을 것이다. 그렇게 삼월 삼짇날 피어 이름 붙
은 꽃이 제비꽃이다.
  양지바른 빈터 모퉁이를 좋아하는 꽃, 이른 봄에
자라는 털 달린 자줏빛 꽃, 척박하고 건조한 쪽부터
피어나 방긋 웃는 꽃, 손길 있는 곳에서 잘 자라는
꽃, 사람과 친밀도가 높은 꽃, 추위에도 끄떡없이 피

어나는 꽃, 작지만 아주 강인한 꽃. 제비꽃에 대한 여러 예찬이 한꺼번에 쏟아지고 있다. 제비꽃처럼 우리도 강인하게 살자고 말하고 있는 듯하다.

아주 작은 꽃 하나가 이처럼 시인의 예찬을 받으니, 부럽기만 하다. 우리도 제비꽃 같은 찬사를 받는 인생을 살아갈 수 있다면 얼마나 좋을까.

몇 년째 가꾸어 오고 있다
작물을 심고 어린애 놀이터 같다
뜨겁던 한낮의 열기도
수많은 사연들 모아지고

연한 풀 위에 가는 비가 내리고
꽃이 피면 새로운 희망과
결실을 기다리며
하루 하루 열어간다

세월이 흐르면
지나는 바람같이
스르르 사라져 버릴
헛되고 허전함도 이곳에서 보낸다

눈 속에 가슴속에
묵은 때 벗겨가며
속마음까지 드러내어
향그럽게 말리고 싶다.

- 「텃밭」 전문

이 시에서의 시적 화자는 텃밭에 대한 남다른 애정을 보여주고 있다. 텃밭을 어린애 놀이터 같다고 말하는 시적 화자의 마음이 순수하다. 텃밭에 가면 시적 화자는 어린아이처럼 동심의 세계로 들어설 것이다. 갓 지은 햇살을 쪽파에 한쪽씩 넣어주며 쑥쑥 자라라며 응원해 줄 것이다.

텃밭의 작물은 그런 시적 화자의 단물 같은 사랑을 받아먹으며 초록의 키들을 키울 것이다. 그러면서도 노년에 접어든 시적 화자는 '세월이 흐르면/ 지나는 바람같이/ 스르르 사라져 버릴/ 헛되고 허전함도 이곳에서 보낸다'라고 말하고 있다. 노년의 아쉬움을 달래주는 곳도 텃밭인 것이다. 미로 같은 생의 지문들을 모두 텃밭에 하나하나 새기며 위로받고 있다. 몇 년째 가꿔온 텃밭, 어린애 놀이터 같은 곳, 수많은 사연들이 모이는 곳, 새 희망과 결실을 기다리며 하루하루 열어가는 곳, 헛되고 허전함이 잠시 쉬어 가는 곳, 가슴속 묵은 때 벗겨 주는 곳, 속마음까지 드러내어 향그럽게 말리고 싶은 곳이 바로 텃밭이다.

텃밭이 시적 화자에게는 참 고마운 존재다. 외로움과 허전함을 달래주니까. 그리고, 소일거리를 주어 하루하루를 알차게 살아가게 해주니까. 없어서는 안 될 좋은 친구가 되어 주니까. 현대인에게 새삼스레 텃밭의 소중함을 일깨워 주고 있다.

부부 중 한편만 불편해도
두 사람 자유롭지 못한가 봐
열나고 화장실 문 불이 나고
견디다 못해 병원 간다

장염이란다
약 처방 받고 링거 맞고
며칠 간 연속 힘들어 했다

건강할 땐 잘 몰랐는데
몸 아파 누워 있으니 눈앞이 캄캄
아내의 아픔이 나의 고통

건강하게 살아 있어
자신이 행복하다는 걸
또 한번 실감했다

어머니 밥 28년 아내 밥 50년 먹었다
표현 서툴러도 항상 고맙고 미안해
부부 한 몸이기에.

- 「아내」 전문

　이 시에서의 시적 화자는 아내가 장염으로 아파하
는 걸 보면서 부부가 한 몸이라는 걸 새삼 깨닫게
된다. 한 이불을 덮고 자지만, 의식하지 않으면 부
부 사이의 심리적인 거리는 천 리만큼 멀기도 하다.

고단한 배우자의 숨소리가 귀에 거슬리기도 하고 뒤척이는 움직임이 신경 쓰이기도 한다. 마음을 주지 않으면 심리적인 거리 그 천 리는 먼 타향 같아 부부를 외롭게 만들기도 한다. 하지만 서러운 하룻길을 넉넉한 품으로 안아주는 사람이 배우자이기에, 마음의 눈으로 보면 다르게 보인다. 함께 마른 번개처럼 힘든 날들을 건너고 독을 흘리는 아픔을 곁에서 보듬어 주고 위로해 주는 이가 배우자인 것이다. 그런 아내에 대한 고마움을 새삼 느끼는 시적 화자가 멋지다.

열나서 화장실 자주 가다 결국 장염을 진단받게 된 아내. 몸 아파 누워 있으니 눈앞이 캄캄하다. 아내의 아픔이 곧 자신의 아픔이라는 걸 비로소 깨닫는다. 건강이 곧 행복이라는 것도 실감한다.

그러고 보니, 어머니 밥 28년, 아내 밥 50년을 얻어 먹었다. 참 오랜 세월 신세를 많이 졌다. 그때서야 절절히 깨닫는다. 고맙고 미안하다고. 독자에게 미소를 자아내는 시, 시인의 진솔함과 순박함이 묻어 있어, 행복하다.

고향 한 번 떠나 온 후에
날이 가고 달이 가도
내 맘에 사무쳐 잊을 수 없어
정든 땅 헤어진다는 것 쉽지 않아

손때 묻고 익숙한 살림살이
아쉬워도 버려야 하니
배려 깊고 햇살처럼 따스했는데
기댈 곳 잃어 버린 빈자리

살던 곳 이별이
인생무상함 느끼게도
어려서 태자리 떠난 지
수십 년 훌쩍

생명체 탄생을 위한
사랑의 보금자리 상상의 나래 편다
홀로 나뭇가지 끝 물 먹은 까치 소리
오늘 유난히 청아하다
반가운 소식 있으려나.

- 「이사」 전문

　이 시에서의 시적 화자는 이사하는 날, 여러 상념
에 사로잡혀 있다. 이사를 하면서 가족이 등 기대고
잤던 아랫목을 버린다는 게 쉽지만은 않을 것이다.
아랫목은 가족의 정이 깃든 곳이며 희망을 얘기했던
내일이었기에, 이사를 결정하기도 이삿짐을 싸는 것
도 무언가 아쉬웠을 것이다. 땅과 집과 골목과 헤어
진다는 게 단순히 이사를 의미하는 것만은 아니다.
　그 집에서 깔깔거렸던 웃음소리와 골목을 왁자하
게 내달렸던 봄날의 기억과 헤어지는 것이기에, 이

사는 단순한 이동의 의미가 아닌 것이다. 손때 묻은 살림살이처럼 손때 묻은 그 시절과 결별을 하고 이제는 다른 곳으로 이사를 해야 하니 착잡한 것이다. 이사를 하면서 정든 땅과 헤어진다는 것이 쉽지 않다. 손때 묻고 익숙한 살림살이를 버리는 것도 만만치 않다. 살던 곳과의 이별은 인생무상함을 느끼게 한다. 사랑의 보금자리 그 상상의 나래 펴보지만, 무거운 마음은 여전하다. 하지만 이사를 한 그 집에서 반가운 까치 소리, 유난히 청아한 그 소리에 반가운 소식을 기대해 본다.

　이사할 때의 심경을 진솔하게 시적 형상화해 내는 시인의 솜씨가 멋지다. 생활 속의 그 어떠한 감성도 표현하고 묘사하고 시적 형상화하고 이미지로 그려내는 시인의 삶에 경의를 표하고 싶다.

　시는 찰나의 예술이다. 시는 픽션이다. 시는 낯설게 하기, 즉 새로운 해석이다. 시는 이미지다. 시어로 그려진 수채화다. 시는 짤막한 시어로 빚은 미적 가치다. 아름다운 감성을 새로운 각도로 해석하여 독자의 가슴에 선물하는 예술이다. 시는 되도록 현재의 감성, 치열한 감성을 표출해내는 장르이다. 이왕이면, 노래하듯 리듬에 실어 보내는 운문이다. 시 속에는 하나의 감성, 그 흐름이 담겨 있다. 시에는 처음부터 끝까지 휘날리고 휘감기는 전율이 있다.

　인생은 이렇구나, 인생은 저렇구나, 한순간에 찍

어 누르는 번개가 시에는 담겨 있다. 시는 이미지들의 놀이터다. 다채로운 감각 이미지들이 서로 도와 가장 선명한 수채화를 그려낸다. 시 속에는 늘 미적 가치의 그릇이 따라다닌다. 모든 감성을 그 미적 가치의 그릇에 담아내야 한다. 인간의 감성 중 가장 순수하고 가장 담백하고 가장 감동적인 감성만을 미적 그릇에 담아 전달한다.

시는 과거보다는 현재, 미래보다는 현재를 소중히 여기는 장르다. 지금 직시하고 있는 현재를 가장 치열하게 다루고 해석하고 그려낼수록 감동적이다. 시를 통해 거칠어진 감성, 악해진 감성을 다듬게 된다. 그러므로 시는 늘 신선한 감동, 아름다운 감성을 유지해야 한다.

정경균 시들은 위와 같은 시의 특질들을 고루 구비하고 있어, 눈길을 끈다. 다소 설명적이고, 다소 설교적인 부분도 눈에 띄나, 그건 오래도록 몸에 익혀 온 목사로서의 삶이 빚어낸 습관인 듯하다. 앞으로 이미지를 더 보완하고, 묘사를 통한 감성의 파노라마를 에둘러 표현하여, 직접적인 주제 노출을 피해 간다면, 더욱 멋스러운 시의 세계를 보여줄 수 있으리라 여겨진다.

앞으로 제2, 제3 시집도 펴내어, 독자들을 감동 동산으로 이끌어 주기를 소망해 본다. 늘 성실하고 변함없는 열정으로 시를 사랑하고 시 창작하는 모습이 매우 보기 좋고 존경스럽다. 부디 오래 오래 장수하여, 보다 감동적인 시들을 쏟아내 주기를 기도드린다.

　사방팔방 초록으로 감동을 주는 뜻깊은 계절에…….

지금 여기에 – 정경균 시집

초판 1쇄 찍은 날 | 2023년 07월 17일
초판 1쇄 펴낸 날 | 2023년 07월 20일

지은이 | 정 경 균
펴낸이 | 최 봉 석
디자인 | 정 일 기

펴낸곳 | 세인출판
출판 등록 | 제307-2016-23호
주　소 | 서울특별시 성북구 삼선교로10길 4(삼선동1가)
　　　　　 TEL. 010-5644-6792(최봉석)
이메일 | sein7797@daum.net

값 12,000원
ISBN 979-11-958245-7-1 03810